クシュラの奇跡

140冊の絵本との日々

ドロシー・バトラー 著
百々佑利子 訳

のら書店

クシュラの奇跡

140冊の絵本との日々

本書は、「クシュラ、ある障害児のケース・スタディ――生後三年間の日々を豊かにしたもの」と題する、ニュージーランド、オークランド大学教育学位記《ディプロマ》の研究論文(1975年)にもとづく

ヴァルの思い出に

目次

装丁・丸尾靖子

イラスト版権リスト

Ⅰ From B IS FOR BEAR by Dick Bruna (Methuen)
(Reproduced by permission of Methuen Children's Books)

Ⅱ From THE HOUSE THAT JACK BUILT by Rodney Peppé (Longman Young Books)
(Reproduced by permission of Penguin Books Ltd. Copyright © 1970 by Rodney Peppé)

Ⅲ From BUT WHERE IS THE GREEN PARROT ? by Thomas and Wanda Zacharias (Chatto and Windus)
(Reproduced by permission of Thomas and Wanda Zacharias)

Ⅳ From PAPA SMALL by Lois Lenski (Oxford)
(Reproduced by permission of The Lois Lenski Covey Foundation, Inc. Copyright © 1951 Renewed 1979 by The Lois Lenski Covey Foundation, Inc)

Ⅴ From HARRY THE DIRTY DOG by Gene Zion, illustrated by Margaret Bloy Graham (Bodley Head)
(Reproduced by permission of Fukuinkan-Shoten, Inc)

Ⅵ From GRANDMOTHER LUCY AND HER HATS by Joyce Wood, illustrated by Frank Francis (Collins)
(Reproduced by permission of Wm. Collins Sons & Co. Ltd)

Ⅶ From MY BROTHER SEAN by Petronella Breinburg, illustrated by Errol Lloyd (Bodley Head)
(Reproduced by permission of The Bodley Head Ltd)

Ⅷ From EMMA QUITE CONTRARY by Gunilla Wolde (Hodder and Stoughton)
(Reproduced by permission of Almqvist and Wiksell Förlag AB)

Ⅸ From SPRINGTIME FOR JEANNE-MARIE by Françoise (Hodder and Stoughton)
(Reproduced by permission of Charles Scribner's Sons)

Ⅹ From THE TIGER WHO CAME TO TEA by Judith Kerr (Collins)
(Reproduced by permission of Wm. Collins Sons & Co. Ltd)

Ⅺ From THE THREE BEARS by Paul Galdone (World's Work)
(Reproduced by permission of Houghton Mifflin / Clarion Books)

Ⅻ From THE THREE BILLY GOATS GRUFF by Paul Galdone (World's Work)
(Reproduced by permission of Houghton Mifflin / Clarion Books)

XIII From THE ELEPHANT AND THE BAD BABY by Elfrida Vipont, illustrated by Raymond Briggs (Hamish Hamilton)
(Reproduced by permission of Hamish Hamilton Ltd)

XIV From THE FAT CAT by Jack Kent (Hamish Hamilton)
(Reproduced by permission of Four Winds Press, a division of Scholastic Inc. Copyright © 1971 by Jack Kent)

XV From THE ELVES AND THE SHOEMAKER retold by Katrin Brandt (Bodley Head)
(Reproduced by permission of Atlantis Verlag)

XVI From THE LITTLE WOODEN FARMER by Alice Dalgliesh, illustrated by Anita Lobel (Hamish Hamilton)
(Reproduced by permission of Hamish Hamilton Ltd)

謝辞

本書の刊行は、クシュラの母親、パトリシア・ヨーマンの努力のたまものである。パトリシアは娘の誕生以来、その発達を忠実にしかも効率よく記録した。さらに彼女の夫、スティーヴンの配慮と支援に、またオークランド大学教育学部のジョハニス・エバーツに感謝したい。彼の励ましおよび正確さに関する主張は、論文の執筆に大きな影響をおよぼした。

ドロシー・バトラー

凡　例

一、書名は、すでに邦訳のあるものはその訳名で、未訳のものはできるだけ原題（英語版）にそって訳した。

一、作家、画家名の表記は、日本で定着している表記はそれに準じ、それ以外のものは原音に近づけるようつとめた。

第一章
誕生から六か月まで

クシュラは、一九七一年十二月十八日、午前二時四十分に生まれた。体重六ポンド九オンス（約二九七五グラム）の女児である。母親のパトリシアは二十歳と五か月、父親のスティーヴンは妻よりちょうど一歳年上であった。スティーヴンは、陣痛・分娩《ぶんべん》のあいだ妻につきそい、クシュラの誕生に立ち会った。

妊娠は正常な経過をたどり、母親は、出産直前の十月と十一月に、理学士をめざしていくつか試験を受け、合格していた。この夫婦は大学で知り合い、学生結婚をしたのであった。

未来の両親は、妊娠初期にノース・ショア・ペアレンツ・センター*に届け出て、その後は、デヴォンポートにできた支部の活動に加わった。ニュージーランドのオークランド市郊外にある、海にのぞむこの町には、古いものと新しいものとが混在している。新しい未来を拓《ひら》こうとする多くの学生や若いカップルが、かつては優雅な一戸建であった古い木造の二階家に間借り生活をしている。

生まれてすぐにわかったクシュラの唯一の奇形は、両手ともに指が一本多いことだった。この余分な指は、指の形はしているが関節がなく、小指の二つの関節のあいだからはえていた。

両親は余分の指をとることに同意し、二本ともただちに〝結紮《けっさつ》〟された。こうすると、指は数日のうちに萎《な》えて、除去することができる。クシュラの母親はこのような方法に抗議し、処置がほどこされているあいだじゅう赤んぼうが泣きさけんでいたので、ひどく憤慨した。医師は、赤んぼうは痛みを感じていないのだと保証したが、その言葉を信じるだけの根拠を母親は見出せなかった。

クシュラは、重い黄疸《おうだん》にかかっていた。原因は頭血腫《ずけっしゅ》だった。頭に大きなこぶができるので、それとわかる。頭血腫が消失するさいに、溶血による大量のビリルビンが血液中に入って、黄疸をひきおこすのである。

病院では、このような症状はじきにおさまるもので、やがて正常にもどるだろうと保証した。しかし二日後、医師の言葉どおりにならず、黄疸はますます重くなったので、母子は国立婦人病院に移され、治療がはじまった。この治療には、そのころ導入された光線療法が用いられた。

生後数日で、両親には、クシュラが健康な赤んぼうなどとは、とてもいえないことがわかった。

母乳はたっぷり出るのに、授乳がむずかしい。

医師は、赤んぼうの呼吸が不規則で雑音があると、大いに憂慮していた。

父親も母親も、重症の黄疸が脳細胞を損傷する場合があることを知っていた。赤んぼうはのべつ泣いていて、そのために両親の不安はますますつのった。病院側は、黄疸の状態はたえずチェックされていること、そして万一危険とみなされるほど重くなった場合には交換輸血をおこなう、といって両親を安心させた。結局、危険な状態には至らず、黄疸は消えはじめた。これからはすべてが順調にいくだろうと、両親も医師も期待をいだいた。

クシュラが生まれて七日後、一九七一年のクリスマスの朝、赤んぼうを家につれて帰ってもよいとの許しが出た。

両親は大喜びで医師の言葉にしたがった。この七日間というもの、両親は心配のしどおしであった。しかし、いまやクシュラは障害をのり越えたのだ。時間をかけて手厚く看護すれば、健康な赤んぼうになるだろう。それは自分たちの当然の権利ではないか。両親はつゆほども疑いをもっていなかった。

帰宅はしたものの、両親の希望は実現しなかった。赤んぼうはひっきりなしにむずかる。泣きさけんでいるうちにチアノーゼをおこすこともしばしばあった。呼吸困難はひどくなる一方だし、ほとんど眠らない。発育に必要なだけ母乳を飲ませることは不可能だった。そのうえ昼も夜も、四六時中、手が離せなかった。

まもなく両親は、赤んぼうの視覚と聴覚に疑いをいだきはじめた。まるで外界から切り離されてしまったみたいなようすなのだ。健康な赤んぼうならば、自分の視野に入った顔に焦点を合わせはじめる時期なのに、クシュラは、自分以外の人間がいることに気づいていないようだった。

生後六週目、両親を元気づける発達が認められた。額《ひたい》がくっつきそうになるほどクシュラに顔を近づけてやり、クシュラがたっぷり時間をかけて目の焦点を合わせるまで待っていると、笑顔で反応するようになったのだ。その後まもなく、明るい色の物は、目に十分近づけさえすればちゃんと見えることがわかった。

生後二か月目、クシュラには、ときおり、けいれん性のひきつけをおこす傾向があることがはじめてわかった。しかしそのときは、このような症状にはさほど注意がはらわれなかった。ひきつけは、騒音とか、さまざまの刺激に対する反応であるとも考えられるからだ。それに、ひきつけのパターンが決まっているわけではなかった。それよりも、赤んぼうの体重が順調にふえないことと、耳と喉《のど》のたえまない感染症のほうがもっと気がかりだった。通院を重ねたあげく、専門医に診《み》せなさいといわれた。かかりつけの医師が、オークランド病院に予約をとってくれ、三か月後に診察を受けることになった。

予約日はまだずっと先であったが、両親と祖父母は、クシュラの容態《ようだい》が心配でたまらず、自分たちの判断で専門の開業医の診察を受けさせることにした。顔にも体にもかゆみをともなう湿疹《しっしん》ができて、クシュラの苦しみはさらにふえていた。一刻も早い手当てが絶対必要だと思われたのである。

このような事情で、病院の予約をとり消し、小児科医の診察を受けた。

診断はつぎのようなものだった。

クシュラの心臓には小さい穴がある。喘息《ぜんそく》状態で、湿疹性発疹《ほっしん》はこれと関連がある。このほかにも、鼻腔《びくう》が極端にせまく、呼吸障害をひきおこしていることと、さらに、口蓋《こうがい》が異常に高く、耳の位置がふつうより低い点を、小児科医は両親に指摘した。

両親は再診の予約をし、喘息と湿疹の処方箋《しょほうせん》を受けとった。それでも心配はつのる一方だった。そして、来る日も来る日もむずかる病気の赤んぼうの看護が続いたのである。

三か月までのクシュラの発育状況は、ほとんどの面で健常児よりずっと遅れていた。腕を自由に動かせないことがまず目立った。両腕が不随意に後ろにぶらぶらゆれる。手のひらは外向きになる。どんな物があってもつまみあげようとしない。ところが両腕を前に出して寝かせると、べビーベッドのさくにさがっているおもちゃのほうへ片方の手をのばせることがわかった。首はすわらず、目の焦点も合わせられない。それでも顔のごく近くにある物には、つかの間だが焦点を合わせることができた。外からの光に耐えられず、曇りの日でさえまぶしがった。抗生物質による治療をかかさず受けていても、耳と喉の感染症はなかなかよくならなかった。手足が協調して動かず、活力も乏しい。健康な赤んぼうのように〝しがみつく〟こともないし、背中と脚は〝ふにゃふにゃ〟していた。ひきつるような反応は、明らかに異常といえるほどひんぱんにおこるようになった。

このような状況に直面した若い両親は、子育ての方針を定め、それにそって歩みはじめていた。それ以来今日に至るまで、原則としてその方針からはずれたことはない。

すなわち、両親は、クシュラがぐっすり眠っているときをのぞいて、いつでもしっかりと抱いていた。泣いているのに放っておいたことはない。抱かれているだけでクシュラが楽になるとはかぎらない。それでも両親は、とにかく抱いていることにしたのである。

床《ゆか》や乳母車におろすのは、クシュラが大人の助けを借りて〝遊ぶ〟ことができそうなときにかぎった。手がとどくところにさがっている明るい色のおもちゃにクシュラの両手を持っておいてやり、それから大人が手をそえて、クシュラがくちびるでおもちゃに〝触《ふ》れる〟ことができるようにしてやった。

本は、生後四か月のときにはじめて見せた。顔にくっつけるようにしてさえやれば対象物がはっきり見える、とわかった時期である。昼となく夜となく目をさましているクシュラの長い時間を、どうにかしてもたせる必要にせまられて思いついたことが、結果的にみて成功をもたらしたのである。一方、何でもやってやれという気持が一役かったのも事実だった。

クシュラは、本を見ようとする意志を示した。全身を耳にして聞いた。本を読んでやっているとき、母親は、建設的なことをしているのだ、という気分になれた。クシュラの母親は、このとき、ごく自然に本に助けを求めたのである。

四か月をすぎると、クシュラの脚に力がつき、両脚の協調が見られるようになった。そして、うつぶせにしてやると懸命に寝返りをうとうとした。母親もこれを励まし、助けてやった。脚とお尻《しり》を振って、はずみをつけてひっくり返し、こうすれば寝返りがうてるのだと、クシュラに〝示そう〟としたのである。五か月のとき、クシュラはこの芸当を一人でやってのけた。すばらしい成功といってよい。なにしろ両腕でつっぱることもできず、顔にしても、突然〝はね返り〟がうまくいくまでは、マットにくっついたままだったのだから。

このころ、両親は雑嚢《ざつのう》型の背負子《しょいこ》を買って、赤んぼうをおぶってみた。クシュラが周囲を見やすいだろうし、また、両腕を使おうという気になるかもしれないと期待したのだ。この試みはまったく失敗だった。クシュラには、いつでも大人の腕の支えが必要なのだ。それきり背負子はあきらめた。

以上が、生後六か月のクシュラが達した発育段階であった。そしてこの時期に、クシュラの容態は急変したのである。

一九七二年六月二十四日、クシュラはオークランド病院に入院した。髄膜炎《ずいまくえん》の疑いがあった。腰椎穿刺《ようついせんし》がおこなわれ、結果は陰性だった。クシュラは重態ではあったが、髄膜炎が原因ではなかったのだ。

一時的に容態が悪化した原因は、尿路感染にあることがわかり、ついで精密検査の結果、左腎《じん》臓《ぞう》に水腎症《すいじんしょう》が見つかった。これは尿路が閉塞《へいそく》し、腎杯《じんぱい》が拡張したために腎臓が機能しない病気である。腎臓そのものの状態が悪いとはかぎらない。クシュラの場合、腎盂《じんう》、腎杯の部位が巨大なまでに肥大しており、X線検査をしても造影されないため、腎臓が正常なのかどうか、はっきりわからないほどだった。

もともと正常な腎臓でも、このような状態では悪くなってしまう危険が大きい。クシュラの場合、手術が必要だが、いまの時点では全身の衰弱がひどく、それは不可能だった。生後三か月半のときにクシュラを診た専門医の診断の、再確認がおこなわれた。しかしこの段階では、喘息をわずらっているという証拠はなかった。さらにX線検査によって、脾臓《ひぞう》の奇形と肥大が見つかった。そして脳波に異常が認められた。

生後六か月のクシュラの短い人生は、生まれる前には想像もつかなかったほど大きな恐怖と不安を、両親に味わわせてきた。クシュラはこのあと十週間も入院することになる。

時は流れたが、クシュラの前途は暗澹《あんたん》としており、好転のきざしもなかった。両親は、自分たちの子どもには〝治《なお》す方法〟なんかないのではなかろうかと思うようになった。

精神遅滞（知能障害）の疑いはたえず口にされていた。クシュラが両手を使えなかったり、まわりでおこることに対して正常な反応を見せなかったりしたためである。口に出していわなくとも、医師や看護婦たちが、知能障害を前提としていることは明らかであった。

この時期にクシュラの母親は「障害児」に関する本を図書館から借り出して、これからにそなえようとした。しかし、本を読んでも疑念が残るだけで、クシュラの未来についてわかることは、何一つなかった。

第二章

八か月から九か月まで

生後三十五週目に入ったとき、クシュラは十週間にわたる入院生活から解放された。クシュラの遺伝的な欠陥はその当時はまだ発見されておらず、退院時の診断は、脳疾患があって、これを抑《おさ》えなければ、進行性の精神遅滞の原因になるだろうというものだった。

入院中にとった脳波は、異常を示していた。以前から目についていた、けいれん性のひきつけをおこす傾向も、しだいにひどくなってきた。何よりもまず、こうした反応を抑えなくてはならない。そこでプレドニゾン（消炎剤、抗アレルギー剤）を用いることに決まり、退院二週間前から投薬がはじまった。医師は、この薬は感染に対する体の抵抗力を弱めるが、どうしても使わなければならないのだと、両親にあらかじめ警告した。投薬開始直後の目立った副作用は、顔と手足のむくみであった。見るからにひ弱だったクシュラが一見健康そうになったが、よく気をつけて見れば、ぶよぶよむくんでいるのがわかった。

クシュラの母親は、毎日同じ時間帯を選んで〝ひきつけ（筋収縮）〟の回数をグラフに記していた。これを続けることと、便と尿についてくわしく記録することが、退院の条件であった。

退院時に両親は、水腎症《すいじんしょう》をおこしている左腎臓は、手術によって摘出あるいは形成術が必要な状態であるが、赤んぼうの体調が思わしくないので手術に踏みきれないと告げられた。母親は当時を回想して、クシュラの未来にまったく希望がもてなかった時期が何回かあったが、このときもそうだったという。

自宅にもどったクシュラは、オークランド大学の心理学者による、ゲゼル発達段階表にもとづく検査*を受けた。この一連のテストは、さまざまな面における子どもの発達状況を、同月齢の健常児または平均児の発達と比較して明らかにするのがねらいである。

「個人―社会」テストにおいて、生後三十五週目のクシュラは、典型的な二十四週目の乳児の水準にあると判定された。

この得点は、他者に対する反応および、その子自身の個人的な要求に対処する能力の合計点にもとづいて出される。クシュラの得点は、明らかに対人関係でかせいだものである。

クシュラと同月齢の健常児は、鏡にうつる自分にほほえみかけたり、ひとの笑顔に応《こた》えたりするし、家族以外の知らない者には人見知りをすることも多い――これは識別をはじめたしるしである。クシュラは、目の焦点が合うように配慮してやると、これらの反応をすべて示した。しかし家族と他人との区別はほとんど見られなかった。

そのほかの「個人―社会」テストは、クシュラの能力をはるかに越えていた。通常、健康な赤んぼうは、生後三十五週目で、哺乳《ほにゆう》びんを自分で持って飲むし、ビスケットを手に持たせてもらうと、吸うのではなく、かんで食べることもできる。一方、クシュラは、両手をまるきり使えなかった。とくにいちじるしい特徴は、口の中に食べものを入れられても、どうしていいかわからないように見えることであった。

心理学者の所見には、「クシュラの腕は不随意に動く。両腕が、ふつうとはちがって後ろ向きの方向に振られる」と記されていた。このようなハンディキャップがひびいて減点になったのは確かである。

「適応性」テストでは、その影響はいっそう大きかった。これは「目で見て確かめながら手先を使う運動」能力をはかるテストである。こういった分野での得点はゼロであった。八か月の健常児は、人さし指と親指で小さい物をつまみあげたり、おもちゃを乱暴ながらいじったり、紙をくしゃくしゃにしたり、がらがらを振ってみせたりするのがふつうである。(もしも手と腕をちゃんと動かせたら、これらのテストでクシュラがどの作業をすることができたか、推測してみるのは興味深い。しかし、目の焦点を合わせにくいという事実が、作業を妨《さまた》げただろう。実際のところクシュラは、二重のハンディキャップを負っていたのである。)

大きい筋肉を使う運動の得点を見ると、「脚の動きは二十八週目の水準」であり、これは腕の作業の〝ゼロ〟点といちじるしく対照的である。心理学者の所見には、「あおむけに寝かせると、両腕をまっすぐ横にのばし、そのままで動かない」とあり——またすわっているときのクシュラは、「支えが必要で、前のめりになっても腕を使って支えようとしない」となっている。

生後三十五週目の健常児は、支えなしにすわり、家具などにつかまって立ちあがり、助けなしに三フィート（約九〇センチ）かそれ以上、はいはいやその他の手段で移動する。

言語の領域では、クシュラは三十二週目の水準に達していると判定されたが、これは健常児の水準に三週遅れているだけである。クシュラは、自分の名前をよばれると反応した。このほか、（意味不明の）音節を組み合わせたり、周囲の物音を口まねしたりした。

ゲゼル検査は、クシュラの身体的遅滞がかなりひどい点を明らかにした。

しかし、五か月半で入院する前に、両腕がまったくといってよいほど役に立たなかったにもかかわらず、寝返りができたという重大な事実がある。お尻と脚を返したはずみで寝返りをうつ技術は、無いものを補う代償手段を実践しはじめたしるしのように、その当時は思われた。しかしクシュラは、入院しているあいだに寝返りを忘れてしまっていた。母親が退院二、三週間前にもう一度教えこもうとしたが、それでも思い出せなかった。

クシュラの言語が、生後三十五週目の水準にそれほど遅れていない点も、注目に値する。このまずまずの得点は、入院中許されるかぎり家族がつきそっていたことと、クシュラにあたえられた言葉の量の豊かさ——語りかけ、歌、絵本の読み聞かせ——が直接かかわっているようである。入院中、クシュラの母親は、朝八時から父親が来る夕方五時までつきそい、さらに夜八時までは両親そろって世話をした。母方の家族も毎日正午ごろやってきて、母親を二、三時間休息させた。

この入院体験を経て、クシュラの両親は、夜のあいだ親がつきそわなかったことがクシュラの発達をひどく妨げてしまったのだと確信するようになった。毎朝母親が行ってみると、クシュラはきまってぐずっていた。夜のあいだ何時間も、眠れずに泣きどおしだったにちがいない。

苦痛が情操面におよぼす影響も気になるが、長く苦しい夜泣きは、呼吸が乱れるとか、病気がいっそう重くなるとか、身体的な面への影響が心配である。

入院中にクシュラの発達が後退したことと、退院するころに神経が衰弱しきっていたようすを見て、両親は、二度と病院でひとりぼっちの夜をおくらせまいと心に決めた。現在もこの方針はかたく守られている。オークランド病院も（最初はしぶっていたが）、いまでは両親に協力し、どちらかの親がクシュラの病室で寝られるように寝具を貸してくれるようになった。

この時期は、「個人—社会」や「言語」の面で、とくにひどく遅れているとはいえない（「個人—社会」が二十四週、「言語」が三十二週という評価であった）。社会とかかわる発達のなかで何よりも障害となったのは、目の焦点を合わせにくい点だろう。顔を近よせてやると、クシュラはさぐるようにじっと見ているが、やがて、まったくふいに輝くばかりの微笑をうかべる。クシュラの笑顔には、親しみ以上のものがあるように見えた。発見の喜びとでもいおうか、まるで懸命にさがし続けていたものが突然見つかったというようだ。そして事実そのとおりだったのである。目の前の顔が、クシュラの視野（約十八インチ——四十六センチ）からはずれてしまうと、クシュラはふだんのようによそよそしい表情にもどってしまう。というより、途方にくれた不安な表情といったほうがあたっているかもしれない。あきらめとか平静さはうかがえない表情であった。

鏡にうつる自分の顔に対するクシュラの反応も、同じように発見の喜びに満ちていた。まずしげしげと見つめる。やがて焦点が合う。すると、いま鏡のなかに自分が見えたと、はっきり表情にあらわす。

クシュラの発声の得点は、この段階では同月齢の健常児より三週遅れという判定だったが、母親は、「クシュラの音声による応答は、同じ年ごろの赤ちゃんとまったく変わりなく聞こえる」と自分の印象を記している。

クシュラは、かたときも目を離せない状態だった。ほんの短時間しか眠らない。日中は長くて一時間半ずつ、数回眠る。夜はそれがおよそ二時間にのびる。この夜の睡眠時間のあいだに、三時間から四時間も続けて起きていることがよくあった。たいてい不機嫌で、しょっちゅうひどくむずかった。

昼間は、母親がずっとクシュラにつきそっていた。小型の木製折りたたみベッドを居間においた。両側のさくが取りはずし自由で、高さ六インチの脚がついているものだ。この型のベッドは、乳母車ほど視界がかぎられないし、マットもしっかりしているので体を動かしやすいだろうという配慮からである。クシュラには、眠るとき突然すっと寝入ってしまうくせがあり、たいていの赤んぼうのように〝毛布の端をベッドに折りこんで寝かしつける〟というのではないから、起きているときも寝るときも使えるこのベビーベッドは、実用的な選択であった。

ときには、クシュラを床の敷物の上におろしてみた。しかしこれにはベッドにくらべて難点があった。クシュラがせっかくおもちゃのほうに手をのばしても、おもちゃはきまって手がとどかない視界の外へころがってしまうからだ。

そこで、ベッドのさくとさくのあいだにひもを張り、色とりどりのおもちゃをつるした。おもちゃを逃がさないようにしておくには、これしか方法がないようだった。それでもクシュラの運動能力は、当時非常にかぎられていたので、ほとんどたえまのない手助けがなければ、体験を通して、自分のまわりのようすを知ることもできなかっただろう。その体験をさせるための、決まったやり方があった。手をそえて、クシュラに両手で物をつつむように持たせる。物とクシュラの手の両方を支えながら口元に近づける。こうしてクシュラは、物も手もふつうの赤んぼうがするように口で〝触《ふ》れてみる〟ことができたのである。

母親は別室に用事があるとき、クシュラが起きていればかならずつれていった。クシュラの世話に手をとられるので、家事は、夕方帰宅した父親が赤んぼうか家事のどちらかを引き受けるまで放っておかれた。

このころ両親は、背負子《しょいこ》をもう一度試してみた。やはり、不成功。クシュラはどうやっても居心地悪い姿勢にずり落ちて、外界との〝接触を失って〟しまう。クシュラに外界を見せたり体験させたりするためには、大人の腕で支えてやり、助けてやらなければならないようだった。

同じ理由から、乳母車にのせることも完全に不成功に終わった。クシュラは、乳母車が上下にゆれるはずみでずり落ちていき、苦しい姿勢になってしまう。これではやはり、外界の事物を体験することなど、まず無理だ。手や目を使って身近に接触できない状況にあるときは、外界から〝切り離され〟ているというのが、クシュラから受ける総括的《そうかつてき》な印象であった。

この時期は、クシュラを抱いて家の内外を歩きまわり、興味の対象となりそうな物——戸外では葉っぱや花、屋内では絵や置き物や鏡など、に注意を向けさせるようにした。この月齢ではじめてクシュラは、特定の物に対し、強くひきつけられるようすを見せた。室内へつれていかれると、一定の場所、たとえば何かの絵がかかっている壁のほうに神経を集中した。絵の前に来ると、クシュラはまず目の焦点を合わせ、ついで絵が見えた喜びの表情をあらわす。(このころクシュラは、独特の焦点の合わせ方をした。頭をはげしく振り、まばたきをくりかえして焦点を合わせるのである。)

〝お気に入り〟の対象物を吟味するときの集中力はすさまじかった。たとえば祖母の家では、台所にかかっているカレンダーがクシュラをひきつけた。クシュラはきまってカレンダーのほうへ体をのけぞらせ、あれを見たい、という意志表示をした。そしてカレンダーの前で抱かれたまま、色刷りの絵の下にある大きな黒い数字に焦点を合わせようと懸命に努力する。焦点が合うと、こんどは一つ一つの数字を〝調べる〟。以上のことに五、六分はかかった。（このときクシュラが、絵よりも数字を好んだことを強調しておきたい。記号《シンボル》にひかれるこの傾向については、また絵本とのかかわりのところで述べる。）

祖母の家のお気に入りの品々のなかに、マオリ＊の女の肖像画もあった。それは複製ではなく、大きなモノクロの原画である。部屋のすみに押しつけてある広いテーブルの向こう側にかけられていたため、クシュラが絵の鑑賞をするのに必要な時間のあいだ、若くて力の強い叔父《おじ》たちの誰かが、腕をのばしたきりでクシュラを抱きあげていなければならなかった！

クシュラの両親が、このようにふえていく日課をこなすうえで、いろいろな援助を受けたことを記しておかなければならない。母親の妹は当時大学二年生で、クシュラの生後まもなくいっしょに住むようになった。父母の他の家族と同じように、この若い叔母《おば》は、赤んぼうに不断の看護と世話が必要な状況を理解して、しばしば姉に短時間ながら息ぬきをさせたのである。

クシュラが広く親類縁者を知り、愛するようになったのは当然である。クシュラのまわりにいた人々はみな、クシュラに特別な世話がいることを認めて、クシュラの愛に深い愛情で応《こた》えた。

十週間もの長い入院生活を終えて帰宅した直後から、クシュラが起きているあいだ、かなり長時間にわたって絵本を見せる習慣がうまれた。

絵本を見せる習慣が定着したのは、二つの要素がうまくかかわりあったからである。つまり、クシュラに外界の事物を体験させるためには、かならず大人がつきそって助ける必要があるという認識と、本に興味をもたせるのに成功したという事実とが結びついたのである。

クシュラの母親が育った家庭では、寝る前だけにかぎらず、しごく日常的なこととして、子どもたちに本を読み聞かせていた。クシュラの場合も本が〝時間つぶし〟に使われたのは、それゆえごく自然であった。生後九か月で、習慣として本をあたえるのは早すぎる、などと考える者はいなかった。

そのうえクシュラは、正常に発育している九か月児とは異なり、はいはいや、つかまり立ちや、手あたりしだいに探究したり、日常生活を味わったり観察したりすることに、自分の時間も注意も向けることはできなかったのである。一対一の助けがなければ、クシュラはたちまち、ほぼ完全に外界と没交渉の状態におちいってしまう危険があった。

本を読み聞かせるあいだ、大人はクシュラを膝《ひざ》にのせて、その背を胸で支えてやる。本はクシュラがいちばん見やすい位置に持つ。(クシュラが焦点を合わせる方法を観察して、決められた位置である。）

どの本も、表紙から裏表紙まで〝読んだ〟。ページをめくるたびにクシュラの目に近づける。カレンダーの場合と同じように、クシュラはなめまわすようにして見たが、絵の一個所に視線がくぎづけになることもよくあった。

ディック・ブルーナ作*『ＡＢＣってなあに』（*B is for Bear*）は、アルファベットの本である。各左ページ（白地）の左下すみに、小文字が一つ、大きく黒で印刷されている。右ページには、単純化された絵が一つ（あひる、魚、かさなど）、バックと対照的に明るい原色で描かれている。クシュラはこの本に強い愛着をもつようになった。左ページに一つだけ印刷されている文字は、明らかにクシュラをひきつけたようだ。クシュラはいつも熱心にその小文字を見つめ、ついで非常な努力をはらって反対側のページに視線を移す。同じくブルーナの『じのないえほん』（*A Story to Tell*）も大好きだった。こちらは左右のページにまたがって、一つの簡明な絵が描いてある。文はないが、絵を追っていくと、かんたんな話がわかるようになっている。『かぞえてみよう』（*I Can Count*）は、『ＡＢＣってなあに』と同じ趣向で、文字が数字にかわっているだけである。

クシュラにこのような文章のない本を見せるとき、大人は描かれているものを一つずつ指さしてやった。クシュラは大人の指を目で追うことをおぼえたが、何かに興味をひかれてもっと見ていたくなったりすると、断固としてつぎの絵に移るのを拒否した。見ているものに向かってにっこりすることはけっしてなかった。クシュラの表情はつねに、真剣に集中しているようすをあらわしていた。

調子よくひびくうたの本になると、またちがう反応を示した。『ふくろうとこねこ』（*The Owl and the Pussycat*）のリズミカルで韻を踏んだ文と、『これはジャックのたてたいえ』（*The House that Jack Built*）のくりかえしの多い流れるようなうたは、クシュラの神経をなごませるらしい。読み手がリズムに合わせて思わず体をゆするときは、ことにそうであった。これらの詩やわらべうたや歌は、たとえば車に乗っているときのように本がないところでも、しじゅうくりかえしたり、うたったりしてやった。

もうこの月齢から、クシュラはつねに、いまのが何の詩か、何の歌か、わかるというようすを示した。つまり、神経を集中させている表情をうかべ、それから、にっこりほほえんで足をばたつかせたのである。

『あかいくるまのついたはこ』（*The Box with Red Wheels*）は、きちんとしたストーリーのある本のなかで、クシュラが最初に気に入ったものである。ストーリーのつながりを、クシュラが理解したとは思えない。しかしクシュラはおしまいまで熱心に聞いていたし、いつものように丹念に絵を点検したのである。この本の絵は、『いそがしいまちのなか』（*In the Busy Town*）と『いそがしいうみのそば』（*Beside the Busy Sea*）と同じように、すばらしく明快な線で描かれている。登場するのは、おもに農場の動物たちであるが、描写は鮮明でいろどり豊かであり、各ページの縁《ふち》が赤色で飾られている。

付録Bのリストにある本はどれも、この時期にクシュラが喜んで見たものである。つまり、クシュラが先に述べたような反応を示したという意味である。ただし容態《ようだい》が悪かったり、ぐずったりしていて、まったく興味をもたないときもあった。けれどもここにあげた本は、明らかにひときわ強い影響をあたえたといえる。しだいに、クシュラは気に入った本があらわれると、腕を振ったり足をばたつかせたりして、興奮しているしるしを示すようになった。（ただし、これは活発な動作ではない。この時期のクシュラはまだひ弱な乳児で、腕や脚の動きは弱々しかった。）

クシュラが気に入った本は、どれも何百回も読まされた。クシュラの睡眠パターンは不規則であり、長い夜の時間をすごすために工夫が必要だったのである。

年齢が低い子どもには大判の本よりも小さな本のほうがあつかいやすいと、ふつうは考えられているが、本の大きさは、この時期には問題にならなかった。両手両腕がまだまったく使えなかったから、この点はクシュラにはどうでもよかったのである。

クシュラの母親は、本を幼いクシュラに読んでやるという考えは、それが役に立つはずだという確信がまずあったのだけれど、自分の切羽《せっぱ》つまった気持からわいたものだともいえる、といっている。成功したからこそ、がんばろうという気持になった。しかし、母と子の両方にとって、長い時間を何かで埋める必要があり、それが一つの要因となったのは事実である。

音楽も使われたことをつけ加えておかなければならない。しかしクシュラは、けっして本の場合ほど音楽に全神経を集中しなかった。母親がレコードをかけたり、うたったり、クシュラを抱いて踊ったりすると、クシュラも楽しそうで、よく声をたてて笑った。だがこういうことは短時間しかできない。クシュラは抱きにくいし、また病気がちであったからだ。本ならば、いつでも読んでやれた。こうして、本はクシュラと外界をつなぐ輪の一つになったのである。

ふりかえってみると、この時期は、両親が娘の障害という現実に直面し、同時に障害の性質や程度を未知のまま受け入れた時期としてうかびあがってくる。そういうときにはじめられた読書という代償プログラムは、両親の言葉を借りれば、「クシュラと外界との接触を保つ」決意からはじめられたともいえるし、クシュラの世話に費《つい》やさなければならない時間を埋める必要性からはじめられたともいえる。

クシュラは、ふつうに発育する赤んぼうのようにあれこれと一人遊びができないために、かえって、見せられたり読んでもらったりした本に対する集中力が増したのだろう。これは推測にすぎないが、たえず抱かれて話しかけられている快さと安心感によって、正常なコミュニケイションの手段を断たれた子どもを苦しめるにちがいない孤独感や恐怖が、すこしはやわらげられたのではなかろうか。そのような大人の助けがあったからこそ、クシュラは、本来ならば使えないはずの感覚——正しい視覚、手と口の触覚——を通して、人生のはじめの一年間に多くを学ぶことができた。

最初の動機は何であれ、代償プログラムはこの時期にしっかりと根づいた。しかもそれは、教えているほうも教えられるという、相互に交流のある学習であった。クシュラと両親は、かたい絆《きずな》で結ばれていた。

第三章

九か月から十八か月まで

この時期、クシュラの健康にいちじるしい好転はなかった。しかし、遅々とではあるが、身体的な面で進歩が見られるようになった。

十か月、床の上で寝返りをうつことを、ふたたびおぼえた。前章に書いたように、この技術は五か月のときにマスターしたのだが、入院中に忘れてしまったのである。

満十二か月、クシュラはもう食卓つきのいすに、ちょっとのあいだならばすわっていられた。そして食卓にのっている軽い物をつまみあげて、口へ持っていくことをおぼえたのである。けれども口へ入れる前に、どうしても落としてしまう。やはりこのころ、両手を持ってやると、わずかのあいだ両足に体重をかけてまっすぐ立つこともできるようになった。そのうえ、短時間一人でおすわりができた。もちろん注意深く見守っていなければならないが。これは平均的な子どもならば、八か月までに達している段階である。

十一か月から十二か月のあいだに、〝けいれん性〟の反応が少なくなり、やがてなくなった。七か月のときに処方されたプレドニゾンの服用量はしだいに減らされ、十二か月でゼロになった。けいれんは再発しなかった。けれども、その後病気にかかったときに、高熱があったりすると、〝ひきつり〟が出やすいことが認められた。この特徴は、顔が発作的にぴくぴくひきつり、それにともない、手足が目立って不規則なふるえを示すことだ。小さいころのけいれんのほうは、体全体が突然はげしくひきつける症状だった。

さらに腎臓《じんぞう》と脾臓《ひぞう》の異常について、検査が続いた。クシュラは、苦しくて恐ろしい検査や治療をいろいろと受けさせられたが、バリウム（造影剤）X線検査もその一つである。この九か月から十八か月のあいだじゅう、クシュラは耳か喉《のど》、あるいは両方同時に感染症にかかった。オークランド病院へは二週間おきに通っていた。家庭医の往診は毎日のように頼んだ。睡眠は依然として極度に不規則だった。夜半に起きたり、しじゅう徹夜したりという生活は、両親にとってあたりまえになった。ヴァリウム（ジアゼパム、精神安定剤、骨格筋弛緩剤《しかんざい》）などの鎮静剤が処方されたが、試したあげくやめることになった。鎮静剤の影響で、目がさめているときもクシュラの動きが鈍くなってしまうからである。クシュラは機能を最大限に発揮するべきだと、両親はかたく心に決めていた。

母親はクシュラが生まれる前、若い母親たち四、五人と共に、ペアレンツ・センター（第一章参照）の活動の一環《いっかん》として支部をつくっていた。クシュラが一歳になると、週一度活動するプレイグループをつくることにした。近所の幼稚園の入園許可をもらえない二〜四歳児をもつ数家族が集まった。このプレイグループは、幼稚園の代わり、または入園を許可されるまでの一時的な手段と考えられていた。クシュラの母親は先頭に立って、グループ結成のために働いた。このプレイグループで、クシュラは遊ぶ子どもたちを見る機会を得た。そして母親は、このころ切実に欲していたもの、友だちづき合いとその援助とを得たのである。

十五か月になると、クシュラの脚はしっかりしてきて、はいはいができそうだったが、両腕の弱さがそれを妨《さまた》げていた。

両親はこの段階で、一つの教育プログラムを試みた。つまり、一人がクシュラの背中をはいはいができる高さまで持ちあげ、もう一人がクシュラの両手を持って動かす。同時に背中を支えているほうはクシュラを前進させる。（脚は、明らかにはいはいができるほど発達していた。この練習のあいだ、クシュラは適切なやり方で膝《ひざ》を前へ動かそうとした。）

しかし二つの理由から、両親は、少なくともいまの段階ではこのプログラムは成功しないと悟った。第一の理由は、クシュラの腕の筋肉が体重を支えられないということ、第二は、腕の動きをコントロールできないということである。クシュラが手と膝の動きを協調させて、はうことをおぼえるきざしは、まったくなかった。たとえ腕に必要な強さがあったとしてもである。

しかしながら、クシュラは変形のはいはいに成功した。床に両腕を肘《ひじ》までつけて体を支え、膝を数歩すすめる。そのあいだ腕は動かさない。それから両腕を前方へすべらせるようにして押し出す。この一連の動作をくりかえして、二、三ヤード（約二、三メートル）はすすんだ。しかしクシュラにとっては、これだけでも非常な努力を要することで、自分で移動する力を身につけたわけではけっしてなかった。（八か月後、一歳十一か月のとき、さらに進歩があった。このときはもうクシュラは一人で二、三歩歩いた。その一方で、はいはいもやろうとした。腕と脚をふつうにかわるがわる動かすが、左腕は手でなく肘から先を床につけ、右は腕をのばして手をつくやり方だった。こうすると、体重はほとんど左前腕にかかることになる。両腕を肘からつけることはついになく、いつも左ばかりだった。）

一方、歩く練習は毎日させ、クシュラはいつものように元気に立ち向かった。平衡感覚はまるでなかったけれども、両手を持ってやると、脚を動かして歩こうとした。十七か月になると、大人と片手をつなぐだけで、二、三歩歩けた。だが、つかまり立ちや家具の伝い歩きは不可能だった。そのようなことをするのに必要な両腕の強さも協調も十分ではなかったのだ。けれども徐々に腕を意識的に動かすことができるようになった。ときどき（むろん、何かに夢中になっていて、体が〝静止〟の状態にあるときは）、クシュラの両腕は体から離れ、後ろに振られたが、しだいに、片腕または両腕を前へ出して、手を使おうとした。十二か月になると、読んでもらっている本のページをめくろうとしたし、十五か月で、なかなか上手にめくることができた。絵のなかのものを指さすことも、この当時のクシュラが本とつき合うやり方の一つになった。

しかし拍手ができたのは、十八か月になってからである。両腕を協調させるのはクシュラにとっては骨が折れることであり、何か月にもわたる指導と明らかな失敗をくりかえしてのち、やっと成功したのである。マスターしたあとのクシュラは、それこそ熱狂的に拍手をした！　しかも、お上品に手を合わせる拍手なんかではない。両腕を体の前にまっすぐのばし、極度に集中しているようすを見せる。はげしくまばたきし、口はかすかにあけたまま。こわばった構《かま》えの姿勢は、真剣な努力をはじめるいつものしるしだ。やおら両腕を内側に振って合わせる。両手が打ち合わされた瞬間、かたい表情が、びっくりしたような喜びの表情に変わるのだった。

クシュラの満足に匹敵するのは、この成功を見た両親の歓喜だけであろう。

第二章であげた本はひき続き読まれ、月日を重ねるうちに、手にとられる本ととられない本とに分かれてきた。『ＡＢＣってなあに』と『じのないえほん』（共にディック・ブルーナ作）は、あいかわらずクシュラの読書生活において大切な役割を果たしていた。『ふくろうとこねこ』と『これはジャックのたてたいえ』は、つねにクシュラを楽しませた。

十一か月ごろにはじめて見せたビル・マーチン*の『くまさん　くまさん　なにみてるの？』(*Brown Bear, Brown Bear, What do you see?*) は、すぐに大のお気に入りになった。くりかえしのテクニックを用い、脚韻を踏む二行を一組にして、ほんとうにいそうな動物や、いそうもない動物――黒いひつじ、青いうま、紫色のねこなどをつぎつぎと登場させる本である。

ちゃいろい　くまさん、ちゃいろい　くまさん、なに　みてる？
きいろい　あひるを　みているよ、むこうも　こっちを　みているよ。
きいろい　あひる、きいろい　あひる、なに　みてる？

クシュラの立場から見れば、〝ちゃいろいくまさん〟はすべてをそなえた本といえるだろう。ブルーナの絵本と同じで、無地の背景に線のはっきりした明るい色の絵があり、『これはジャックのたてたいえ』と同様、くりかえしを用いる軽快な押韻詩である。ともかくこの本は、この時期にすんなりとクシュラの愛読書になったのである。

クシュラはもう大人の膝にしっかりとすわることができるようになっていた。そして指したりページをめくったりする手先の器用さも増してきたうえに、あるページに熱烈に音をたててキスをし、これが大好きだと表現することもできた。だからおそらく、もし話が聞きたくないときは、本を押しのけることだってできただろうが、そんなことは一度もなかった。本を見ることは、クシュラの活動のなかでトップの座を保ち続けたのである。

生後十一か月のある日のこと、クシュラが熱心に『ABCってなあに』のあるページを見ているとき、母親は本の向きをさかさまにしてみた。すぐさまクシュラは頭をぐるりとめぐらして、もとの正しい向きで見ようとした。その後、この反応をテストするために、よく知っている本を何冊か使って、はじめに正しい向きで見せずに、いきなりさかさまに絵を見せた。するとかならずクシュラは向きのまちがいを認めて、自分の顔を適切な位置までもっていき、正しい向きで見ようとした。（十五か月ごろ、これはゲームになった。そしてクシュラは「さかさま」といえるようになった。発音は「しゃかしゃあま」であったが。この芸当にお客さんは仰天し、おもしろがった。パーティーで見せる芸になったほどで、クシュラも声をたてて笑い、注目をあびるのを楽しんだ。）

一歳のころ、まったく突然に、クシュラは絵を指さしながら、一つ一つの名詞の最初の音を発音しはじめた。刺激となったのは、またもや『ABCってなあに』であった。本に目を近づけ指でさしながら、fish（魚）を見て「fff」と息を吐く。pig（ぶた）を見ては「p」というぐあいである。そのとき、これは例外的なことではないかと思われた。また、文献にもこのような先例は見つからないようである。実際、逆の例はいくつかある。

ジュローヴァは一九六三年、就学前の子どもたち（三歳から七歳児）に、単語を単音に分解するように教える一連の実験をした。その結果から、そもそも三歳児には「最初の音」といわれても意味が理解できないことがわかった。最初の音だけ切り離そうとすると、子どもたちはどもる感じになる。そしてたとえば「d-d-doggie（いぬ）」というぐあいに、ほとんど例外なく一語全部を発音する。またブラウン*とベルージは一九六四年に、非常に幼い子どもたちは、手本の話し方をまねさせると、かならず「内容語（話の中で意味をもつ語）」を他の語よりよく記憶する点に注目し、これは実際に内容語を強く発音するせいもあるのではなかろうかと述べている。したがって、「this is a fish」という文の中から、子どもは「fish」を記憶する。「fish」の強勢は、軟音の「i」におかれ、この母音は、「fi」あるいは「ish」のように前か後と結びつく。十七か月でテストを受けたとき、クシュラは無声音のs, p, fと鼻音のmを、それぞれsailor（船乗り）, pig, fish, mouse（ねずみ）の絵を見ながら明確に発音した。このような記憶力はきわめてまれであるといいきってもよいだろう。

バーク社の「はじめて出会う本」（*Home-Start*）シリーズ中の四冊を、この時期からあたえた。すでにあげた特色をそなえた本だったからである——無地の背景（この場合は白地）に明るい単純な線の絵が描かれ、かんたんな文章がついている。四冊ともアイリーン・ライダー文、L・A・アイボリー絵で、『だれのあかちゃん？』（*Whose Baby Is It?*）『ぼくたちだあれ？』（*Who Are We?*）『なにがすき？』（*What Do We Like?*）『それはなにいろ？』（*What Colour Is It?*）である。

この小型本（16×16センチ）は、四冊とも同じようにデザインされている。単純な絵を一文で説明し、書名にもなっている質問の答えとなる。「バターはきいろ、レモンもおなじ」（『それはなにいろ？』より）。明快さが基調である。人間、動物、品物は、レンスキーの絵のように静止していて、白地にくっきりした輪郭で描かれているために、クシュラには識別しやすかったのだろう。クシュラは、まず目を絵に近づけて熱心に吟味したあと、横や下の文字に目を移し、明らかに興味をもって活字に焦点を合わせたのである。

クシュラより四か月年長のいとこ、サミュエルは、クシュラが見た本やそれと類似した本に対して、まったく異なる反応を示した。サミュエルもクシュラ同様、赤んぼうのときから本をあたえられていた。しかしクシュラとは対照的に、じっとしていられない活発な子で、十五か月で歩いたり、よじのぼったりし、手先もなかなか器用だった。サミュエルは本を開くと、ざっと見て、ときには目についたものを指さして、でまかせに名前をいい、それからさっさとページをめくる。ほんとうのところ、絵を見るよりはページをめくるほうが気に入っているように思えることもよくあった。

この年ごろの子どもたちを観察すると、クシュラの反応よりもサミュエルの反応のほうが正常だと結論できる。このことに関しては、つぎのように理論づけできるだけである。つまり、本人の個人的な欲求と、それらを満たしてやる立場にある周囲の大人たちがとった手段とが、本に対するクシュラの姿勢を育てた、ということである。クシュラが絵よりも活字に強い関心をもつのは、明るい背景に印刷された輪郭のはっきりした活字は、協調性の弱い目にも鮮明な像を結ぶから、と考えるほかなさそうである。理由は何であれ、クシュラが平均的な子どもとくらべて、幼いころから記号になみなみならぬ関心をいだいていたことは確かである。

この時期にロイス・レンスキー*の本が二冊、クシュラの本棚に加わった。『デイヴィのいちにち』（*Davy's Day*）と『スモールさんはおとうさん』（*Papa Small*）である。二冊とも三十年間版《はん》を重ねてきた、古典というべき本である。レンスキーが描く古めかしい小さな登場人物たちは、散文的で、彼らの行為は日常的すぎると、大人の目にはうつるかもしれない。しかしそういう登場人物たちが、幼い子どもにおそらくはじめて、人間の暮らしが一冊の本のおもて表紙と裏表紙のあいだで展開するのを見せることができるのである。

「デイヴィは　あさ　はやく　おきます。はを　みがいて、かおを　あらいます。あさごはんをたべます」にはじまって、「おふろに　はいり、たのしいほんを　一さつか　二さつ　よみます」という最後のページまで、二歳児の一日が忠実に描かれている。

『スモールさんはおとうさん』は、パパ・スモール、ママ・スモール、ポリー・スモール、ポール・スモール、ベビー・スモール一家の一週間の生活を描く。働き、遊び、買い物をし、日曜日には教会へ行く。教会では、「ベビー・スモールは　なくので、そとへ　つれださなければなりません。」

ここでも、絵は白地を背景に、はっきりした輪郭で描かれている。どちらの本も、生後十五か月のクシュラには、文の内容はほとんど理解できなかったろう。クシュラの体験のほうは同じ年ごろの健常児とくらべて、さらにかぎられたものであった。それでもクシュラは、読んでもらうのが大好きだったし、絵を丹念に見た。デイヴィが「たのしいほんを　一さつか　二さつ　よみます」というくだりは、まちがいなくクシュラの琴線《きんせん》にふれたことだろう！

『おとのほん』（*The Noisy Book*）は、幼児の本としてはいささか型破りである。ページごとに音の絵がある——太鼓を持つ兵隊、ヴァイオリンと男の子、散髪している床屋さん、あるいは動物だけ。それぞれの人物や動物と、絵にふさわしい音をあらわす黒い文字が、ページの端から端まで斜めに印刷されている。Ratatata《ラッタッタッタッ》 … eeeweeoo-oo-ee!《イーウィーオーオーイー》 Oink-oink!《オインクオインク》 というように。クシュラはこの本をおもしろがった——それはもっぱら、読まされる大人がこの機会に音をまねる演技力を発揮しなければならなかったからであろう。実際これは、音のまねを喜んでやる大人でなければあつかえない本である！　そういう意味で、これは人と人との関係をいっそう親密にするすばらしい本であり、クシュラはこの体験を歓迎した。

ボウマー社の「手遊びの本」（*Manipulative Books*）二冊をこの時期に見せた。クシュラに手を使う気持をおこさせるためである。そのうちの一冊『おうちはどこ？』（*Where Is Home?*）は「フラップ（折り返し）・ブック」とよばれ、ページごとについている折り返しをひろげると、残りの絵があらわれて質問の答えになっている。「ねこの　うちは　どこ？　ひよこの　うちは　どこ？」クシュラはこの仕掛けをすぐにのみこんで、絵のかくれた部分をめくって大いに喜び、満足げであった。

もう一冊の『ちいさい、おおきい、もっとおおきい』（*Little, Big, Bigger*）は、ページの幅がちがっている。つぎつぎページをめくると、「ちいさいぞう、おおきいぞう、もっとおおきいぞう」があらわれる。よくできている仕掛けで、最初の幅のせまいページをめくると、前ページに描かれているものは半分に切り離されるが、新たに開かれたページにもっと大きくなって登場する。このたくみに考案された仕掛けは、もうすこし年長の子どもにとっては尽きせぬ魅力があるのだが、クシュラは、それほど手がこんでいない『おうちはどこ?』の仕掛けほど喜ばなかった。しかし絵は鮮明で明るく、かたい丈夫な紙質の本なので、クシュラはページをめくる意欲をそそられ、かなり上達した。数か月後、クシュラが二歳になったころ、この本は大のお気に入りとなった。

トーマス&ワンダ・ツァハリアス作*『でも、みどりのおうむはどこにいるの?』(*But Where Is the Green Parrot?*)は、生後十八か月になる直前に見せた。クシュラに、はっきり見えていないものをさがす練習をさせるためである。緑色のおうむは、話が進行するにつれて、巧妙にかくされていく。最初、おうむは、はっきりわかるように、「かけがねのついたあおいドアと、うえきばちがならぶ、きいろいバルコニー」がある家の赤い屋根の上にとまっている。そのあと、おうむは花びんの花のあいだにかくされる。カムフラージュは絶妙だ。つぎに枝や葉が生い茂った木のなかにかくされる。クシュラは、はじめは助けが必要だったが、そのあとは自分で一つずつ絵を注意深く調べ、おうむを見つけて大満足した。

この当時、感激を表現するのに、クシュラは両手をあげて打ち合わせ、楽しそうに声をたてて笑ったものである。そのとき目は必然的に本から離れてしまう。それで手をおろすと、ふたたび目を本のページにくっつけ、焦点を合わせなければならなかった。このための努力は、クシュラのはしゃいだ気分を真面目な気分に変えてしまう。本からその意図しているものを得るのは、真剣そのものの作業であった。

生後十七か月、クシュラはオークランド大学教育学部のクリニックでテストを受けた。ゲゼル発達検査とデンヴァー発達スクリーニングテスト*の両方である。

つぎにゲゼル検査の結果を引用して、三十五週目に受けたときの結果と比較してみたい。「個人―社会」テスト。今回、生後十七か月目のクシュラは、十四か月の水準に達した。「適応性」の得点（目で見て確かめながら手先を使う技術）は六か月、大きな筋肉を使う運動は九か月、言語は十二か月の水準であった。

つぎに心理学者が付したコメントを記そう。

このパターンを見ると、「個人―社会」および「言語」の分野では、わずかに遅滞があった。大きな筋肉を使う運動（粗大運動）と、とくにこまかい手先の運動（微細運動）適応における得点を見ると、明らかに発達の遅れがあり、これは、両手両腕の異常反応および、正常でない視覚行動と関連がある。

手―腕の行動において、三つの働きが認められた。

(1) 不随意運動がおこった――両手が上にはねあがる。一瞬だけ物を持っているが、すぐに両手とも後ろに振られ、同時に手（通常右手）は物を放す。

(2) 適切な随意運動を、集中力と努力をはらっておこなった――笛を吹く、がらがらを振る、絵本に対して顔を適切な位置に近づける。

(3) 本に関する行動は、家族の訓練により、非常にすすんでいる。本に顔をつけるようにして、徐々に目の位置をずらせながら丹念に見る。絵によっては、自発的に適切な言語音を出す（sailor の s, mouse の m, pig の p, fish の f）。ページをめくる――これは、微細運動の協同作業である。

（私はこの点を念入りにチェックした。他の低い得点と矛盾するからである。）

クシュラの「個人―社会」の得点は、三十五週目（第二章参照）にはじめてテストを受けてから、八か月半のあいだにいくらか上がった。ゲゼル検査の尺度では、実際の月齢より三か月遅れの水準まで達している。目の焦点を合わせにくいことと方向を定めにくいことが、他の面と同じようにこの「個人―社会」面でも障害になっていたと考えられよう。しかし、三十五週で二十四週の水準であったときにくらべると、今回はより高い得点をとっている。これはおそらく、前回のころより人間や事物と広範に接触できるようになったことが反映されているといえよう。

クシュラの睡眠パターンは、あいかわらず非常に不安定だった。夜はけっして安らかに眠らないし、ほんの数時間しか続けて寝ない。毛布でくるんでおくことは不可能だった。眠りが浅く、寝返りをうつためだ。それにしょっちゅう不快そうに目をさました。

さまざまな方法を試したものの、このような状況に対処する系統立った方法は、ついに見つからなかった。薬の服用は、すでに述べたように、やめていた。副作用で動きが鈍るからである。目ざめたクシュラをまた眠らせることができる決まった方法などなさそうだった。ときにはあたたかい哺乳《ほにゅう》びんが役に立った。それがだめならば、ベッドから抱きあげてあやさなければならなかった。そういうときはたいてい、お話を聞きながら眠った。こういう要因は、クシュラをたえず疲れすぎの状態にし、ひいては「個人―社会」の行動にかかわる発達に影響をあたえたといえるだろう。

デンヴァー発達スクリーニングテストの結果は、同時におこなわれたゲゼル検査と実質的には同じであった。唯一の目立った違いは、こちらのテストでは言語の得点が完全に正常だった点である。すなわちクシュラは、十七か月の健常児に期待される水準に達していたのである。

二つの言語テストにあらわれた不一致は、ゲゼル検査中に、注意散漫やテスト者と気が合わないことがあったためかもしれないし、それとも、ほんとうにいくらか遅滞があって、それがあらわれたのかもしれない。どちらとも結論できない——しかし、クシュラは、目の焦点と方向を定めることが困難なために、テストを受けたとき能力をフルに発揮できなかったかもしれないと、容易に想像できる。

「粗大運動、とくに微細運動適応における顕著な発達遅滞」は、はっきりと結果にあらわれた。どちらのテストでも、生後十七か月のクシュラが得たのは六か月児の得点である。この月齢の健常児は、上手に歩くし、不安定ではあるが走るようになる子も多い。おもちゃを押したり引っぱったりし、階段とか低いいすに後ずさりして腰をおろすこともできる。このようなことは一つとして、クシュラにはできなかった——ところがおどろくべきことに、クシュラは本のページを一枚ずつめくることができたのである。これは報告書に書かれているように、「微細運動の協同作業」である。(ページをめくるのに、クシュラが手首のはね返しを使ったことは注目すべきである。これは、十七か月の平均的な子どもにはふつう見られない、腕―手が関連した運動である。)

クシュラは腕が弱いために、この手首のはね返しを必要としたのである。この間、腕はきまって平らな面に投げ出されたままであった。）

付記のコメント(3)「本に関する行動は、家族の訓練により、非常にすすんでいる……」は注目に値する――心理学者として率直に軽いおどろきをまじえて、ごくせまい分野における特殊な訓練が運動機能上の制約を越えたことを認めたコメントである。運動機能の制約があると、ふつうはこのような成功は、とても望めないとみなされる。

本にかかわる行動面において、クシュラは「両手両腕の異常反応」と「正常でない視覚行動」という障害を明らかに克服しつつあった。これらの障害は、生まれたときからあり、二つのテストでも認められたものである。

クシュラに作業――笛を吹く、がらがらを振る――をやらせたところ、「集中力と努力」をもってしたという事実は、日常の行動とも一致していた。何か作業にうちこむときの集中力は、クシュラの特徴であった。クシュラはふだんから、やり方の手本を見せられ、助けを得て成功するという手順になじんでいた。

九か月から十八か月のあいだに、クシュラは、今後の発達がほとんど望めない状態から、改善が期待できそうな程度まで進歩した。

寝返りに成功したことと、そのつぎに、不成功であれ、はいはいを試みたことは、一縷《いちる》の希望をもたらした。以前には、もてるはずがないと思われていた希望も生まれ、いまや家族は、わたしたちのクシュラは強い意志をもつ子どもなのだと、確信を強めていた。手足を使う練習をする気になったものの、抗生物質の治療が必要な病気につぎつぎとかかって、しじゅう中断される。そのうえいつでも疲れすぎの状態であったにちがいない。それにもかかわらずクシュラは努力を続け、目ざましくはないが、着実に進歩をとげたのである。

十一か月で絵の向きがさかさまになっているのを見分けたのは、明白な事実である。したがって、この月齢でのこのような認識は、可能なのだろう。ただし、これはめずらしいことで、事実クシュラの妹サンチア（サンチアは養女である）は、十一か月のテストのさい、見なれた本の絵がさかさまになっているのを認識したようすを示さなかった。

ワトソンは一九六四年、三つの実験を案出し実施した。六か月未満の乳児が、対象物の方向認知を、人の顔を見る位置によってほほえみ方を変えることで示すかどうか、決定するのが目的である。またこの延長として、「特定の対象物に対して特定のほほえみ方をするという反応以外の手段による対象物の方向認知を判定」しようとした。いくつかの発見もあったが、ワトソンは、「方向を知覚する能力は、生後十四週で十分そなわっている」と結論している。しかしながら、生身《なまみ》の顔または絵に描いた顔を使ったときの結果と、記号《シンボル》などを使ったときの結果とを区別して、「（顔以外の形の）向きが重要性をもつ……という観察結果は得られなかったが、顔を実験材料にして向きを変えると、さまざまに顕著な影響があらわれた」と述べている。

重要なのは、ワトソンが結論にそえた疑問である。「幼児は向きの違いがわかっていて、しかも気にしないのか、それともここで用いたような顔以外の特定の形の場合に、向きの違いがわからなかっただけなのだろうか。」この問いかけへの答えは、ワトソンも認めるように、出されていない。

サンチアは、向きの違いを認めても、ただ気にしなかっただけなのかもしれない。一方クシュラのほうは、自分にできることがかぎられており、したがって知識の源をおもに絵に描かれたイメージに頼っていたから、気にせずにはいられなかったのであろう。そして、正しい向きにおかれていないときは、自分の頭を回転させて埋め合わせしようとしたのである。

十八か月までのこの期間、クシュラはまだ、一ページずつ独立している本を中心に見ていた。けれどもレンスキー作の二冊、『デイヴィのいちにち』と『スモールさんはおとうさん』を通して、後のページに出てくる登場人物は、前のと同じであるという考えをもつようになったかもしれない――このような概念がしっかり把握されていなければ、話の筋そのものがつぎの場面で意味をもつようにならない。クシュラがすでにこの概念をもっていたという証拠もある。クシュラは各ページですぐにデイヴィを見分け、すさまじい集中力を発揮しておぼえたての技術を使用した。つまりデイヴィを指さしたのである。いよいよ、テーマと筋とクライマックスのある、本物の物語を紹介する時期になったのである。

クシュラが十八か月になったところで、本章は幕をとじる。クシュラの障害は依然として解明されず、また障害のすべてが発見されたわけでもない。しかし生後九か月のとき、両親は、未来について考えることがこわいほどであったし、クシュラには未来など存在しないのではないかと恐れていた。それがいま、クシュラのためにプランを立て、あれもこれも必要になるだろうと先を考える日々であった。

それというのも、あらゆる障害にもかかわらず、クシュラが幸せな子どもになりつつあったからである。しじゅう病気にとりつかれ、痛い検査や治療を受けなければならない。両親の腕さえも、クシュラがおかれたはかり知れないきびしい世界から守るのには頼りないときがある。それでもクシュラは、強い精神力の、のびやかな子どもに成長していた。よく笑い、ぐあいが良いひとときは楽しみ、逆境から立ち直る子どもに。

第四章

十八か月から三歳まで

一歳半から二歳半までの十二か月間、クシュラが健康になるきざしは見られなかった。短期の入院も二度必要になった。

十八か月になってまもなく、クシュラに遺伝的な欠陥のあることがつきとめられた。かといって、これからの治療の指針が得られたわけではないが、少なくとも空論には終止符がうたれた。クシュラの体内の細胞一つ一つに異常があるという事実、そしてこの異常が心身の障害の原因であることがはっきりした。そうなると残された道は、つきっきりの看護と個人指導のみだ。家族の信念——クシュラは未知の潜在能力を、可能なかぎり伸ばすべきである——は、いやがうえにも強まった。

一九七三年六月、クシュラの染色体検査がおこなわれた。その結果、わずかな異常が認められた。しかしこれは、サンプルが不完全なためだろうとしてしりぞけられた。正常な両親の子どもに、クシュラのような異常があらわれる公算はきわめて小さい。この見解は両親に伝えられた。だから安心してよいというわけだ。けれども両親は納得しなかった。父親も母親も、科学を学んできた。自分たちにまた障害児が生まれる可能性があるのかどうか、正確な情報を要求した。親にせっつかれて、病院側は再検査に同意した。こんどは両親にも同じ検査がおこなわれたのである。

結果は一目瞭然《いちもくりょうぜん》であり、クシュラと父親のスティーヴンは二人とも、不完全な染色体パターンをもつことがわかった。ただちに再検査がおこなわれ、先の事実はあらためて確認された。つぎにスティーヴンの両親も検査を受けた。異常はない。考えられる結論は一つである。スティーヴンの母親がスティーヴンをみごもったときに、突然変異がおこり、それでスティーヴンの体のすべての細胞内で染色体の再配列がおこったのだ。

正常な人間の細胞には、四十六個の染色体がある。各染色体は、遺伝子の連鎖で成り立っている。これらの遺伝子が遺伝因子をになっていく。

各細胞にある染色体のうち、二十三個は母親側から、受精のさいに減数分裂を経過してきたものであり、残り二十三個が父親から受けついだものである。

スティーヴンの場合、四十六個中二個の染色体に異常がある。他の四十四個とくらべて一つは長すぎて、もう一つは短すぎる。しかしながら、各細胞内の遺伝子は完全にそろっている。長いのと短いのに含まれる遺伝子の総数は、ふつうは、正常な長さの二つの染色体に平等に分かれて存在している遺伝子を合わせたものと等しい。それゆえ、クシュラの父親には異常があらわれていない。事実彼は、きわめて健康で知能のすぐれた若者である。しかしその子どもとなると、問題が予想される。受精時に、スティーヴンの異常な配列の染色体が、無差別の組み合わせで妻の染色体と結合される場合があるからだ。

クシュラの両親の染色体パターンと、その子どもたちがもつようになるパターンの可能な組み合わせを付録Cに示してある。

要するに、クシュラの両親が、欠陥を伝える可能性のない、つまり完全に正常な子どもを産む確率は四分の一である。

そしてまた、外見だけ正常な子ども（遺伝子型は父親と同じだが、欠陥を次代に伝える可能性がある）を産む確率も四分の一である。

ここで注意しておきたいのは、どちらの場合であっても、このような異常があるか否か、つきとめようがなかったということである。この両親にもう一人子どもができたとしよう。その子は外見は正常であっても、真に正常か、潜在的に欠陥を伝える危険性をもつか、その確率は同じである。

クシュラと同じ遺伝的構成の子どもが生まれる確率も四分の一。

第四の組み合わせ例——染色体構成が不適切なために胎児は生存できない——も、四分の一の確率である。

したがって、潜在的または顕在的に異常をもった胎児が育ち生まれてくる確率は三分の二であることがわかる。

生後二十一か月、クシュラはもう大人二人の腕に支えられて、よちよち歩きが数歩できるようになっていた。自分ではほとんどバランスをとることができなかったが、クシュラはいつものように意欲にあふれ、〝とにかくやってみる〟のであった。たまにころんでも、めったに泣いたりしない。このころ重い風邪をひいて、ひきつけをおこし、三日間再入院しなければならなくなった。歩行の上達はそのために遅れた。しかし二十四か月になると、危なっかしげに短い距離を歩くことができた。三十か月、クシュラはよく歩くようになった。とはいっても非常にぎくしゃくしていた。歩くときの姿勢は、のけぞりぎみに立ち、バランスをとるために頭を前方へつき出す。両腕はまげて、肩の高さで横と後ろへ振った。

ころぶときに腕を使えず、また全般に不安定であったため、事故がたえなかった。この時期、事故の連続のなかで、手を出しすぎれば練習の妨《さまた》げになるし、やりたいようにさせていいものかどうか、その兼ね合いがむずかしかった。

平均的な子どもは、ほぼ十四か月で支えなしに歩き、二十四か月で（クシュラは、二十四か月のときは不安定に短距離を歩くのがやっとだった）体全体の協調がとれてしっかりと歩く。走るのもかなりうまくなるし、ほとんどころばない。

しかし、遅れこそあれ、クシュラの成果に満足し、評価すべきだろう。こうなる前は、身体面でも知能の面でも、医学的な予測はことごとく悲観的ではなかったか。そしてクシュラがたゆみなく里程標を通過してきたという事実が、それ以前に家族がいだいていたようなささやかな希望ではなくて、大きな希望を未来にもてるようにしたのである。

クシュラのはいはいは進歩しなかった。両腕はいまだに弱すぎて体を支えられず、クシュラが、自分のはいはいのやり方が心地悪く不満足だと思っているのが見てとれた（三九ページ括弧中の注参照）。はいはいが不十分だったことが、おそらく歩こうとする意欲を高めたのだろう。クシュラは明らかに、自分で動きまわれるようになりたがっていた。

この期間、手と腕を使う能力の発達は、あいかわらずゆっくりだった。十八か月までに、軽い木かプラスティックの積み木を箱から取り出すことができた。けれどもそれを移しかえる前に手から落としてしまった。二十三か月、クシュラは集中的な指導の結果、小さな積み木を平たいプラスティックの容器に落とすことをおぼえた。それ以前は、握力は強くなっていたのに、クシュラの手は脳の命令「放せ」に反応できないようであった。

クシュラが二歳半になると、母親は毎週小さな温水プールにつれていくようになった。ここでは、クシュラより年長の未就学児のために水泳教室が開かれていた。クシュラは入会するには幼すぎたが、母親がつきそう条件で、そのグループに入れてもらえた。クシュラが指導に十分、しかも喜んでついていけることが、すぐに明らかになった。水を恐れずに平気で頭を水につけた。水泳はクシュラにとって効果的な治療かもしれない、と早くからいわれていた。快調な出だしのようであった。

排泄《はいせつ》の訓練は考えたことがなかった。クシュラの筋力が弱いこと、しじゅう病気にかかっていたこと、世話に親の時間がとられること、そしてとくに膀胱炎《ぼうこうえん》にかかりやすく、腎臓《じんぞう》の欠陥もあるため、これまでは排泄の訓練など不可能であった。けれども三十三か月になると、排泄の間隔が非常に長いときも多く、もう訓練ができるのではないかと思われた。いざはじめてみると、排尿と排便のコントロールを、クシュラは一週間でおぼえてしまった。ただし夜はずっとおむつをあてている。

平均的な子どもならば、二歳で排尿排便のコントロールができる。もっともこの年齢に達していても、失敗する子どもだって大勢いる。原因はさまざまだ。個性を主張する子は、親の押しつけに反抗する。遊びに熱中しすぎるとよく忘れるものだし、生理学的に見て、排泄をコントロールする仕組みの発達がゆっくりしているだけという場合だってある。クシュラは、三十三か月で排尿排便のコントロールができた。これは正常な発達に近いといえるのではないだろうか――もっと早くしつけても成功したかもしれない、と推測する余地もあるのだから。

二歳になったクシュラは、デヴォンポート・プレイセンターに入会できた。一年前に結成されたプレイグループの仲間たちも同じころ入会した。こうして、古い友だちづき合いは断ち切られずにすんだ。クシュラが参加できる活動はごくかぎられていたが、クシュラには楽しい経験だった。両親も子も、気が合った仲間たちとのつき合いから多くを得た。

十八か月以降、クシュラが親しむ本の数はどんどんふえた。ブルーナの二冊、『こいぬのくんくん』（*Snuffy*）と『おうさま』（*The King*）は、前記の本と同様、大のお気に入りとなった。また、「たのしいほんを一さつか二さつよみます」と紹介されたデイヴィが、すこし大きくなって、かわいい犬をつれて登場する『デイヴィといぬ』（*Davy and His Dog*）（レンスキー作）も愛してやまなかった。

やはりレンスキー作『スモールさんののうじょう』（*The Little Farm*）は、この作者がもつ、大人にとってはどこか不可解ではあるが、幼い子どもには通じる永遠の魅力をここでも発揮した。この時期に、レディバード・ブックスの二冊、『うちのおてつだい』（*Helping at Home*）と『こいぬとこねこ』（*Puppies and Kittens*）をあたえた。本を通じて身のまわりの物やできごとを確かめたいというクシュラの欲求は増すばかりであり、これらの本はそれにぴったりのように思えた。『うちのおてつだい』には、二人の子どもたちが、お皿を洗ったり洗濯物をほしたり掃除をしたりする場面がある。クシュラにはどうやってもできないことばかりである。けれども、本を通じてクシュラは、おてつだいが大好きになった。

二歳以後に、クシュラが本や話を聞くことからどのような影響を受けたか、またどのような本を好むようになったか、ドロシー・ニール・ホワイトの娘キャロルの同年齢のころとくらべてみるのは非常に興味深い。ホワイトの報告書『五歳前にあたえる本』（*Books Before Five*）（一九五四年、ニュージーランド教育審議会）を参考にして述べてみたい。

キャロルとクシュラは、二十六年の隔たりをおいて、どちらも十二月生まれである。キャロルは、両親が本と深いかかわりをもっている教養の高い家庭に生まれた。母親はキャロルが生まれた翌年、『子どもの本について』(*About Books for Children*)を著した。彼女が一九三七年にダニーデン市立図書館の児童図書室係になってからの数年間の経験を生かしたものである。一九三六年に彼女はもう一人のニュージーランド人と共に、選ばれてピッツバーグ市（米国）のカーネギー大学図書館学科で研修を受けている。

キャロルは、健康ですばらしく利発な子どもであった。母親の記録は、キャロルが二歳のときからつけられた。このときすでにキャロルは、話すことができ、活発におしゃべりをしていた。本での体験は、キャロルの日常生活とたがいに補い合う関係にあった。二歳四か月のときの記録によると、キャロルははじめて本物の牧場体験を経たあと、本に描かれた牧場の動物を以前より楽しんで見るようになったという。それと同時に、身近にないものを絵で見てそのまま受け入れようとする意欲を示すようになった、とも書かれている。「生後十八か月では、見たことがないものの絵にはまったく興味を示さなかったのに、二歳になったいまでは、実生活のなかで出会うことのないものの絵を喜んで見る。」

クシュラは、キャロルやその友だちアンのように、ふつうの生活を体験することはまず絶対不可能だったから、そういう区別はあまりしなかった。キャロルにくらべて、ほかにできることも少なく、したがって本への依存度は大きかった。選《え》り好みも少なかった。それにまた、本の内容を理解したいとか、意味を知りたいという内的な要求も、この段階では、キャロルの深さや広さに達していなかっただろう。クシュラは、まだ解明されていない感覚障害や身体障害とたたかっていた。本質的には、外界から隔絶されていたのである。健常児は、周囲の環境と、それとわからぬうちにすみやかなやりとりをし、あらゆる体験は〝がっちり利用する〟感覚をそなえている。しかしこういうことは、クシュラにはまったくあてはまらなかった。

ドロシー・ホワイトは、この時期にキャロルが、モノクロよりもカラーの絵を好むようになってきたとも書いている。キャロルは、「色なし一ペンス（安版画）には見向きもせず、色つき二ペンスにはとびついた」という。だが、ロイス・レンスキー作『ままごとしましょう』（*Let's Play House*）は例外で、母親は、最初「じつにありふれたモノクロの絵で、凡庸」と思ったのだが、それから一週間のあいだに、せがまれて十回以上も読まされるはめになった。クシュラのほうは、前述のように、つねにモノクロの絵を熱心に見たし、とりわけ白地に黒で書かれた文字や数字に興味を示した。しかし、輪郭がはっきりしていることは、クシュラにとって、キャロルの場合以上に重要であり、このことがつねに、好きな本を選ぶうえでの大切な要因であったといえるだろう。確かにこの要因は、レンスキーとブルーナの本、ペッペ*の『これはジャックのたてたいえ』、レディバード・ブックスの二冊、「はじめて出会う本」シリーズ、それにボウマー社の「さわる絵本」に共通している。

この時期、クシュラの話し言葉は、おもに名詞と動詞にかぎられていた。しかし二歳半になると、理解できる語彙《ごい》は明らかにかなり多くなった。簡潔で、手ぎわよくまとめられたストーリーのある本が好まれるようになった。

ジーン・ジオン*文『どろんこハリー』（*Harry the Dirty Dog*）とジョン・バーニンガム*作『ガンピーさんのふなあそび』（*Mr Gumpy's Outing*）は、二冊とも、くりかえしくりかえし読み続けられたし、『あかいくるまのついたはこ』は、めでたくカムバックをとげた。ビアトリクス・ポター*は、『こわいわるいうさぎのおはなし』（*The Story of a Fierce Bad Rabbit*）で、クシュラの読書生活に二度目の登場をする。Ｅ・Ｈ・ミナリック*文、モーリス・センダック*絵『こぐまのくまくん』（*Little Bear*）シリーズに、クシュラはうっとりとして聞きほれた。これらの本はいくつかの特徴を共通してそなえており、そのために幼児の心をしっかりとらえて離さない。

まず、主題、題材が共に適切である。十八か月から三歳までの子どもたちは、日ごとにまわりの世界を意識するようになり、その正確な描写を喜ぶ。しかしすでに知っている物事や背景が登場しなければ、完全に確認できない。クシュラは、同年齢の子どもたち同様、どろんこになったために、「くろいぶちのある　しろいいぬなのに、しろいぶちのある　くろいいぬ」に変わってしまう飼い犬の話を完全に理解できた。しかも、「a white dog with black spots to a black dog with white spots」という個所は、一音節の名詞と形容詞がたくみに交互に組み合わされている。子どもたちは、研ぎ澄まされた表現のみが人間の耳にあたえる喜びを、この一節ではじめて知るのではないだろうか。

幼児のための本に要求される第二の条件は、正確であって、しかもたくみに、そして雄弁に場面を設定し、物語をすすめていくうちに言語の豊かな泉を探検するような言葉の使い方である。これができる作家は多くはない。またこのことが幼児にとってもっとも重要であると認識している編集者も多くはない。

そしてストーリー自体は、まっすぐな一本の線上をすすまなければならない。脱線やまわり道は、一〜三歳児にはふさわしくない。余分な話に幼児は混乱し、話の糸を見失う。『ガンピーさんのふなあそび』は、そういうすぐれた絵本の好例である。間のとり方はみごとであり、それぞれの登場人物は、その行動と会話を通していきいきとうかびあがってくるので、説明描写の必要もない。

「ぼくも　いっしょに　つれてってくれる、ガンピーさん？」と、ぶたが　いいました。
「いいとも、だけど　うろちょろ　するんじゃないぞ……」

もちろん、ぶたはうろちょろする。読者の予想どおりだ。ぶたが出会う子どもたちはけんかし、ひよこははねをばたつかせ、やぎはけとばす。あげくのはてに、みんなでボートをひっくりかえす。けれども、批評もなければ、お説教もないし、言い訳もない。何もかも、登場人物の行動と、会話と、そして当然のことだが絵のなかに語り尽くされているのだ。

読者を堪能《たんのう》させるクライマックスというものは、二歳の子ども向けであれ、大人向けであれ、まず説明は不必要である――というか、おそらくクライマックスは説明をしりぞける。描写こそ頼りにすべき手段なのだ。クライマックスを盛りあげるのは、解決に至る感動である。それはかならず到達する頂上であり、わくわくしながら予期していた高みであり、そこをきわめたあかつきには全員が満足感を得るものだ。これもまた一つの体験であり、この体験を経て子どもは未来の読書生活を楽しむのに必要な武器を入手する。このように読書に対する準備をととのえた子は、反応の手段をまた一つふやしたことになる。子どもに批評眼が芽生えたのだといいかえてもよい。というのも、幼いうちに最高のものに接していれば、大きくなって陳腐なものや安物を見たとき、がまんできないにきまっているからである。

クシュラは、乳児期から『ふくろうとこねこ』や『これはジャックのたてたいえ』、さらに最近は『ねんねんあかちゃん』（*Hush Little Baby*）まで、詩に愛着をいだき続けていた。

そこで二歳半ごろ、両親はA・A・ミルン*をあたえてみた。はじめてのときから、クシュラは夢中で聞きほれた。詩の内容が理解できないときですら、一生懸命ページに焦点を合わせて、アーネスト・シェパード*のモノクロの小さな線画を見つめていた。（このとき以来、ミルンを離そうとしない。これを書いている現在まで、『クリストファー・ロビンのうた』（*When We Were Very Young*）をしのぐ愛読書はない。）

『わたしとあそんで』（*Play With Me*）は、絵は地味で、ストーリーも一見単純である。しかし同じ時期にあたえられた、もっとはなやかな数々の本の全盛時代にも生き残り、いつまでも変わることのないお気に入りとなっている。物語のなかで、ふしぎにクシュラそっくりの女の子が、小さな動物たちを、あそぼうよ、とつぎつぎにさそう。みんな気のりしないふうで、女の子ががっかりしかけたとき、一匹また一匹ともどってきて、遊び仲間になるという話である。

見開きいっぱいに描かれた絵は、舞台はいつも同じ。動物たちの集まりぐあいに、わずかな、しかし重要な変化がある。筋はほとんど絵を見るだけでわかる。それほど丹念に、鋭敏に、身ぶりや動きの変化一つ一つが描きこまれている。

マリー・ホール・エッツ*の全作品は、彼女が、幼年時代の関心事を敏感にとらえていることを示している。残念ながら、現代作家の作品は多くがこれを欠いている。エッツは幼児のせまい視界を内蔵しており、世界を子どもの目の高さから見る。葉っぱの上のぼった、地べたのかえる。エッツは、友だちをつくるのがどんなに大切か、知っているし、信じている。『わたしとあそんで』は、一九五五年の初版以来、アメリカで着々と版を重ねている。一九七七年からパフィン・ブックスに入った。

ペトロネラ・ブラインバーグ*文、エロル・ロイド絵の『わたしのおとうとショーン』（*My Brother Sean*）は、目を見はるほどいきいきとした絵で、黒人の男の子と、その子がはじめて幼稚園に入ったときの経験を描いている。エッツとは正反対の描き方である。ところがこの本は、幼い読者に直接話しかけ、誰にでも共通の希望や恐れを語る。（キャロルが三歳のときにこの本があったとしたら、「ショーンって、だれのおとうと?」ときいたかもしれない。キャロルは、ローズ・ファイルマンの本のなかで「ぼくはねずみがすき」という文章にとまどって、「ぼくって、だれ?」とたずねたものだ。）

キャロルほど言語面で厳格ではなかったクシュラは、二歳半から三歳のあいだ、ショーンの本を何度も読んでとせがんだ。クシュラ自身、プレイセンターにほんの短時間おいていかれた経験が数回あった。(ただしいつでも、クシュラをよく知っている、両親の親しい友人がつきそっていた。)それでおそらく、ショーンのゆれ動く感情の交錯がわかるのだろう——ママが帰ってしまう。絶望と、わくわくする遊び道具の魅力とがまざりあう気持である。クシュラは本を読んでもらうたびに、泣きわめいているショーンの小さな顔に、心配そうにキスをしてやる。そしておしまいに、ショーンが「ちっちゃな、ちっちゃなえがお」になると、ほっとして顔を輝かせた。「ちっちゃな、ちっちゃなえがお」という句を、一時はお祈りのように何回も何回もくりかえしていた。そしていつも、早く最後の場面が出てこないかと、心待ちにしていた。クシュラはショーンに強い共感をいだいたのである。

『ピーターラビットのおはなし』(*The Tale of Peter Rabbit*)は、二歳九か月のクシュラを、たちまちとりこにした。ドロシー・ホワイトがこの本に対するキャロルの反応をくわしく書いていたのを思い出し、『五歳前にあたえる本』をめくってみた。おもしろいことに、クシュラとまったく同じ年齢ではじめてキャロルにあたえられたこの本は、「わが家でも、何千ものよその家庭と同じように、おやすみ前に読む最高のおはなし」になったという。キャロルからクシュラまでの四半世紀のあいだに、ピーターラビットの不滅の魅力のとりこになった家庭は、さらに何千ふえたことであろうか！

クシュラはキャロルとちがい、登場人物や小道具の一部が描かれていなくても、心配したことはない。『ピーターラビットのおはなし』では、ピーターの体がじょうろのなかにかくれていて、耳だけつき出ている。キャロルは、「ピーターの、ほかのところはどこ？」とたずねた。クシュラはきかない。そこで母親のほうから質問した。「このなか。」クシュラはじょうろを指さして、きっぱりと答えた。クシュラは非常に幼いときから、絵に描かれたイメージに集中力をかたむけてきた。いまそれが実って、クシュラは、自分から奪われた数々の楽しみにふつうにエネルギーを費《つい》やしているキャロルのような子どもにまさるものを、たった一つあたえられたのである——そう考えることはできないだろうか？

エリック・カール作*『はらぺこあおむし』（*The Very Hungry Caterpillar*）がニュージーランドの出版界にあたえた衝撃は、この十年間（一九六五〜七五年）に出版されたどの絵本よりも大きいといえるだろう。売り上げもまちがいなく記録的である。クシュラは三歳になる直前にこの本と出会い、何千人もの三歳児とまったく同じ反応を示した。読み終わったとたん、「もう一度読んで」とせがんだのである。

この本がもっているものを見分けるのはかんたんだ。だがそのたぐいまれな魅力の本質を理解するのは、そうたやすくない。形式、調和、色彩、クライマックスは確かにそなえている。子どもが喜ぶごちそうがつぎつぎに出てくる。大人が評価するのは、知らないうちに自然の勉強ができること（あおむしが美しいちょうになる過程が忠実に記述されている）、意識せずに数をかぞえるようになること（「げつようび、あおむしは　りんごを　ひとつ、たべました。でもまだ、おなかは　ぺこぺこ。かようび、なしを　ふたつ、たべました……」）、それに曜日を苦労せずにおぼえる機会をあたえていることである。

しかし子どもたちのほうは、おそらくけっしてこのような点に関する親の判断に耳をかたむけたり、やすやすと親の意図にのせられたりしないだろう。この本には、くりかえしがある。私たちは、くりかえしはためになると信じている（子どもが好きだということはわかっている）。そのうえ、かたくしっかりしたページには、指が一本入る穴というおまけがついていて、あおむしはその穴からつぎのページにすすむというわけである。本全体の装丁、製本は美しく、一級の芸術作品である。クシュラは、バランスのよい読み方をした。つまり、好きではあったけれど、のめりこみはしなかった。それから突然、読書時間の大半を『ルーシーおばあさんのぼうし』（*Grandmother Lucy and Her Hats*）にさくようになった。そこで、ハリー、ガンピーさん、ピーターラビットを読む時間はわずかしかなかった。A・A・ミルンの詩は、いまは一つ、またあとで一つと、たえず聞きたがった。

クシュラがはじめて『ルーシーおばあさんのぼうし』に出会ったのは、ほぼ三歳のころである。この本がなぜ選ばれたのか、いまだに答えが出ない。クシュラがそれまでに読んでもらっていたなかでいちばん長い話である。クシュラの知らない物や知識が出てくる（屋根裏部屋、きしむ蝶番《ちょうつがい》、くもの巣）。かなりむずかしい言葉も、ところどころ使われている。ねこのトムとゼラニウムの一節を引こう。

「トムははなづらで、はなをかるくひとつきすると、しのびあしで、そうっと、はなのまわりをあるき、それから、めをきらきらさせて、はなたちにほほえみました。」また、トランクの中身は、「ヴァイオリンだったり、ゆびにまとわりつくきぬだったり、ボタンがずらりとついた、つまさきがとがったちいさなブーツだったり、きばんだしゃしんだったり」する。

フランク・フランシスの絵は、楽しさいっぱいだ。見開きのページが一つの場面で、文章は白地の部分に芸術的に収められている。どの色もあざやかで、明るく、どぎつくなく、人物や花や虫がくっきりとうかびあがっている。一つ一つの形を見分けやすい。絵筆の正確さと明快さは、ビアトリクス・ポターと共通している。フランシスのほうは全体的に大きくて明るいが、緻密《ちみつ》なところは同じである。

物語はなめらかにすすむ。導入部分を引用してその形式を紹介しよう。

「ルーシーおばあさんは、とってもおとしよりのおばあさんでした。おばあさんは、あかいばらにかこまれたおうちにすんでいました……わたしは、おばあさんにあいにいき、ドアをノックしました。そのドアはがっしりしていて、きいきいきしみます。おばあさんは、いつもいいました。『ちょうつがいに、あぶらをささなくてはいけないね。』でも、あぶらをさしたことは、いちどもありません。だから、ドアはきいきいきしみます。おばあさんはにっこり。わたしは、うちのなかへはいりました。」

この話は、クシュラにとって二つの目的にかなうものであったのだろう。一つはクシュラがよく知っている日々の営みをこまやかに描いているので、クシュラは自分の体験を再確認できること――おばあさんやねこの存在、「あなたがすきなケーキ」のおやつ。もう一つは、ルーシーおばあさんがつぎつぎ帽子を出すというような魔法のタッチであり、これによって現実の体験をさらにひろげ、ふくらませることができた。ともかくこの本はたちまち影響をおよぼし、その影響はいつまでも消えなかった。クシュラはすぐに文章をそらでおぼえてしまい、クシュラの会話には、つぎからつぎへと文中の表現が登場した。「ぐらぐらするほんのやま」は、自分の本の山にもあてはまる。そのほか「つるつるボタン」とか「たんぽぽどけい」の表現も口にした。

この本を読みはじめてから六か月後、手術から回復し、おふろに入る前のことだった。ばんそうこうを自分で上手に取るところを祖母に見せるようにいわれて、クシュラはしばらく試したのち、ばんそうこうがぴったり貼《は》りついていることがわかると、つぎのようにいった。「できないの――いくらおばあさんのためでもね。」これは『ルーシーおばあさん』に書かれているせりふそのままである。

ふたたびドロシー・ホワイトの日記と照らし合わせて、筆者は、クシュラが理解できないはずの言葉をかたはしから受け入れたことにおどろいたのである。同年齢のキャロルは、〝膨大な量の説明〟を要求したという。クシュラのほうは、言葉を聞くとそのまま受け入れていたようだ。クシュラは、熱心に聞いてはいても、言葉を自分の内にしみこませないで、右の耳から左の耳へ素通りさせているように見えることがよくあった。キャロルは、知らない言葉に出会うと、その場で説明を強く求めた。これは明らかに、キャロルが鋭い知性の持主であり、キャロルの発達が同年齢のクシュラをしのいでいる証拠である。しかし、二人は本質的に異なる性格の子どもたちかもしれない――キャロルにとって〝知る〟ことは先へすすむことより大切であり、クシュラは果てしなく聞きたがる。クシュラにとって、理解は二の次、だったといえるのではないか？　ドロシー・ホワイトは、三歳の娘が、リアの＊『ノンセンス・ソング』（*Nonsense Songs*）に拒否反応を示したことにふれている。「嫌った原因は、全然意味がわからない言葉で話されるのを、これまでほとんど聞いたことがなかったためかもしれない。キャロルは、言葉というものは、明確で具体的なものを意味すると思っているようだ……」

クシュラは、リアの『ふくろうとこねこ』に変わらぬ愛着をもっていたし、またA・A・ミルンの、リズミカルな韻文にたちまちひきつけられた。クシュラの喜びは感覚的なものだった、といってもよいだろう。そして私たちは、このような喜びこそ、人間が経験するもっとも重要なものであると認めるべきである。この喜びは、誰でも知っているし、信じない者もいない。それでいて解明しがたい。研ぎ澄まされた感覚で使われ語られる言葉や文体を愛するのは、音楽を愛するのと似ている。どちらも五感に訴え、解説を必要としない。音楽によって強烈な感情をよびおこされる人間がかぎられているように、この喜びも万人をつき動かすわけではない。しかし、それは厳として存在し、分析を拒む強さをもつ。子どもたちの言語感覚は、音楽的感性と同様千差万別で、あらわれ方に広い幅があるというのが、確かな真実である。

それにしても、キャロルとクシュラでは、言葉の意味を即座に知ろうとする意欲にこれほどの差があるとは、おどろかざるをえない。一方は優秀な素質に恵まれ、一方は（当時はまだ無意識ながら）重度の障害とたたかっている子である。クシュラのような条件下では、つぎのような可能性を無視できないだろう。つまり、クシュラが、理解できないことはしじゅうあるのに、それでも熱心に聞いていたのは、欠けているものを補う必要があったためではないか。いいかえれば、クシュラにとって、〝聞くこと〟は同時に〝見る〟機会を意味したのではないだろうか。視覚が不十分な子どもは、見る機会にいつも恵まれているわけではない。チャンスは逃がしてはならないのである。

クシュラがちょうど二歳八か月になった日のこと、両親は意気揚々と、クシュラの義理の妹サンチアを抱いて帰ってきた。生後八日だった。この小さな妹は、あっというまに家族の生活の一部にとけこんだ。ありがたいことに、第一日目から、サンチアはよく飲みよく眠り、記録的な速さで順調な発育をとげていった。そしてたちまち、小さいながら断固として権利を主張する存在になった。サンチアが家族の一員に加わったことで、緊張がやわらいだ。クシュラの両親は、のべつクシュラの心配ばかりしているわけにいかなくなった。愛情と世話を要求する二番目の子どもがいるのだ。そして、自分たちには元気で健康な子どもを育てることはできないのではないかという、長いあいだつきまとっていた悩みは、それ以来消えたのである。

一九七四年九月、二歳九か月のとき、クシュラは、オークランド大学教育学部精神医療班によるテストを受けた。デンヴァー発達スクリーニングテストである。

「個人―社会」の得点は、実際の年齢より六か月から八か月遅れと判定された――すなわち、月齢三十三か月に対して、二十五か月から二十七か月の得点である。報告書は、この分野で「いくらかむらがある」と述べ、クシュラが「家事で手伝えることもあるのに、誰かついていないと衣服の着脱ができない」例をあげている。

今回のテストではとくに、粗大および微細運動能力を合わせた評価が出た。クシュラは実際の月齢三十三か月に対して、二十二か月の水準であった。

言語の発達は、テストによれば、二歳九か月、つまり実際の年齢の水準に達していたことが明らかになった。

生後十七か月で受けた前回のテストとくらべ、もっともいちじるしく進歩したのは、微細運動適応の分野である。前回は、月齢十七か月なのに、六か月の水準というはなはだしい遅滞を示していた。ところが今回は、三十三か月で二十二か月の水準に達した。めざましい進歩である。

依然として手足の協調性は欠けているが、クシュラは、走ったりよじのぼったり、足を地面につけて動かすと前へすすむタイプの小さな三輪車に乗ったりしていた。

おどろいたことに、クシュラはでんぐり返りができた。もっともばねが弱いために、返ったあとすわった姿勢はとれなかった。この特技は、当時プレイセンターで子どもたちの絶賛をあびた。その子たちの大半が、肉体的にはクシュラより恵まれていたのに、気が弱くて、でんぐり返りに挑戦できなかったのである。

いまではクシュラは、ペグボードにあいている穴に小さな木釘《きくぎ》をはめこんだり、無地の印刷用紙にクレパスで熱狂的になぐり書きができた。かんたんな木製ジグソーパズルは、まだうまくいかなかった。けれどもピースを組み合わせるやり方は知っていたし、二つのピース（たとえば人間の手と腕）のつながりがわかることもよくあった。クシュラがはじめて成功したパズルは、木製で、同じ大きさの九個の円盤を穴にはめるものだった。円盤を持ちあげるには、つまみを握らなければならないので、手先の運動の訓練になった。円盤とそれをはめるべき浅い穴には、同じ色がぬってあり、色合わせの練習にもなった。最初は色に注意をはらわずにはめるが、そのうち色合わせにまで進歩する。クシュラは見るまにこのパズルをおぼえてしまい、満足げに色合わせをした。ただし色の名前はめちゃくちゃだった。

言語面の発達に関して、クシュラは大波に乗ったような前進をとげた。報告書には、「結合語や複数形など」を使っていると記されている。発音は依然として、大変明瞭《めいりょう》というわけではない。

文の主語にくる一人称単数主格Iの代わりに、目的格meを使っていた（'Me do that, now'）。主語に自分の名前を使う子もいるが、「クシュラがするのよ」といういい方はけっしてしなかった。しかし、きかれれば、自分の姓名と住所をいうことができた。

クシュラに衣服の着脱ができないのは、三歳に近い健常児の特徴である手と腕を器用に使う能力が、まだそなわっていないためだった。しかし、遅々とではあるが、着実な進歩がとげられつつあった。そしてクシュラの気性がそれを促《うなが》したことは確かだ。病気がちで、どんなに怒ったり泣いたりしたかっただろう。でもクシュラは、めったに、かんしゃくをおこしてうっぷんばらしをするようなことはなかった。

重態《じゅうたい》が何日も続き、周囲のことに意欲的な関心をいだくどころではなかったときもあったことを、書いておかなければならない。クシュラはこの年齢になっても、とぎれとぎれにしか眠れなかったし、呼吸困難で苦しそうだった。この年、二回入院した。二回とも、ふだんから悪い健康状態がひどく悪化して、危篤状態になり、救急処置が必要になったためである。

二歳九か月のクシュラをテストした心理学者が、クシュラは「テスト中、非常に協力的だった」と書いている。当時のクシュラをよく知る人々は、この感想が、人生や学習に対するクシュラの態度を正当にいいあらわしているということに賛成するだろう。クシュラは、やる気がある子なのだ。その期待は裏切られなかった。

この時期にクシュラは、自分の年齢にふさわしい言語水準に達し、他の面でも大きな進歩をとげた。すでに書いたように、遺伝的な欠陥が見つかり解明されたために、いくつかの障害（とくに協調面の障害）は、とり返しがつかないことがはっきりした。ただ少なくとも、模索には終止符がうたれた。また、障害のいくつかについては、とり除くのは無理でも、将来訓練によって軽くできるという希望がうまれてきた。

クシュラは、すでにしっかりと〝本格的な物語〟の世界に入りこんでいた。まず、ブルーナ作『こいぬのくんくん』と『おうさま』からスタートして、レンスキー作『デイヴィといぬ』と『スモールさんののうじょう』をすぎ、『どろんこハリー』『ガンピーさんのふなあそび』『わたしとあそんで』を経て、『ピーターラビットのおはなし』まで足をのばした。そしてクシュラは、話の一本道をたどる能力のあることを示し、物語のなかの動きを理解し、登場人物に共感をおぼえた。「ネリーったら、どろんこ。ハリーみたい。」祖父母の家の犬についてこういったのは、二歳十か月のときだった。ピーターラビットの波乱万丈の生活や、ガンピーさんのボート転覆事件に対して見せた感情や、わたしのおとうとショーンが幼稚園においていかれた場面での質問（「シヨーンのママは、どこにいっちゃったの？」）は、クシュラが物語の内容を完全に理解していたことをはっきり示している。

ドロシー・ホワイトがキャロルの本に対する反応を記した報告例の多くは、クシュラの反応が健常児のそれと同じであったことを裏付けるものである。キャロルは〝わかりやすい世界〟がくりひろげられることを好んだ。『こねこのトムのおはなし』（*The Tale of Tom Kitten*）では、三匹の子ねこが、お客さまが来る前に、おふろに入れられ、くしでとかされ、きれいな服を着せられる。こういう手順にキャロルはなれていた。これと同じようにクシュラのほうは、「おばあちゃんの家にいく」設定（『ルーシーおばあさんのぼうし』）に満足げであった。こういうことは、クシュラの日常生活にもしばしばあったからである。

「最近キャロルは、あらゆるものに家がありママがいるはずだ、と思いこんでいる」と、ドロシー・ホワイトが記しているのを読むと、クシュラがしょっちゅう口にした質問が思い出される。「こねこの（いぬの、赤ちゃんの）ママは、どこ？」キャロルもクシュラも、旺盛《おうせい》になる独立心（クシュラの場合はちょっぴりであるが、それだけ貴重だった）を自覚する一方、すでにもっている安心感を再度確認する必要があるようだった。つまり、ママはいまちょっといないけど、よべばすぐきてくれるのよ、と安心したいのである。

二人ともが、夜に生じるもろもろの現象に魂を奪われたようだ。キャロルは、マーガレット・ワイズ・ブラウン*文『おやすみなさいのほん』（*A Child's Goodnight Book*）に刺激されて、〝くらやみ〟に尽きぬ興味を示した。クシュラの場合は、トルード・アルベルチ文『みんなのこもりうた』（*The Animals' Lullaby*）が似たような影響をあたえていた。この本は、おだやかでくりかえしが多い文章に、チヨコ・ナカタニ*の淡いパステル調の絵がついており、これが単純でしかもよくわかる説明になっている。おやすみ前の理想的な読みものであり、アリキ*の秀作『ねんねんあかちゃん』やアン・ウッド*編『こもりうた』（*Hush-a-Bye Rhymes*）と同じく、夜のとばりがおりるとかならず読んでもらう、クシュラのお気に入りの本となった。（クシュラの両親が子もりうたの本を山ほど手もとにおいていたのは、おどろくにはあたらない。昼であれ夜であれ、役に立つ機会は、いつでもあった！）

目ざめている時間のすごし方は、キャロルとクシュラでは、当然だがひどくちがう。キャロルの活動は、「種類、範囲、持続時間とも増加してきた」という。このほか一九四八年早春（ニュージーランドでは八、九月）の記録によると、「キャロルは、遊ぶのに忙しく、本はほとんど出番がなかった。」当時は切りぬきに凝っていて、組み立てセットもさかんにつくった。しかし手先の器用さが要求されるこれらの遊びは、まだクシュラには無理だ。絵本という、いつでも、いつまでもつき合ってくれる友がいなかったら、母と娘は日々の生活をどう切りぬけられたか、考えもつかない。キャロルは、はじめて病院という言葉を聞いたとき、「びょういんって、どこにあるの?」とたずねた。「びょういん」は、クシュラが最初に出会った言葉の一つであり、消毒薬くさい病室は、クシュラのもう一つの家なのであった。

疑いもなく、クシュラの知的発達は全般に、とくに言語面で大きく前進し、見通しが明るくなった。事実、クシュラが二歳をすぎてから、いちばん身近にいる者たちは、この子に重度の精神遅滞のおそれがあるなどとは、考えてもみなかった。

とはいっても、たまたまクシュラを見た人は、そうは思わなかっただろう。平均的な子どもとクシュラの差は歴然としていた。腕はいまだに、ともすると後ろへぶらぶらしたし、顔には、困ったようなもの問いたげな表情をうかべた。目の焦点を合わせるために頭をしょっちゅう動かしていたし、動作には協調性が欠けていて、よくころんだ。ほんのちょっと触れられるだけでバランスがくずれる。そしてたえず物を落とした。

さらに角度を変えて見ても、クシュラは他の子どもたちとはちがっていたようである。多くの人々との出会いの経験は、病気や障害による苦痛や不快を越えて、クシュラに、世の中とは友情にあふれているところだと思いこませたのである。クシュラは、自分のいろんな苦しみは「だれのせいでもない」と、理解しているように見えたほどだ。というのも、クシュラが、人なつっこく、子どもから大人まで、知り合いもはじめての人もわけへだてなく、すべての人間に信頼感を示したからである。自分は全面的にひとに頼らざるを得ないのだから、すすんでみんなに頼ろうとする、いやむしろみんなの力を借りることに決めているのだと、そう悟っているかのようであった。

このような性格は、それだけ見れば、すこし心配だった。典型的な三歳児は、人見知りをするものだ。しかしクシュラは、ふつうの子にはない力添えを受けて、ここまでできた。支援の輪は、両親の身内から友人やプレイセンターの親たちまで大きくひろがった。それだけではない。人々は心から喜んで子どもたちに助けの手をのべるものだと、クシュラは経験から知っている。このような背景に照らし合わせれば、クシュラがいだく信頼や堂々とした人なつっこさも納得できよう。クシュラを助けた人々は、幸運に恵まれたといいきってもよい。なぜならば、この人々は、クシュラをかわいがってくれる人の輪をひろげ、真剣に焦点を合わせようとするクシュラの目の奥に、探求心に満ちた知性と果断で強い精神があるのだと、みなにわからせたのであるから。クシュラのこのたくましい精神は、はじめから変わっていない。見る目がある者には、わかっていたことである。

クシュラは、里程標を一つずつみごとにのり越えてきた。この成功は、いまや多くの人々の喜びでもある。そしてクシュラは、不利な条件にもひるまず、つぎつぎと里程標を越えていこうとしていた。

第五章
一九七五年三月、三歳三か月

一九七五年三月、クシュラの健康は、誕生以来もっとも安定した状態にあった。前年の九月に耳と喉《のど》が重い感染症にかかり、抗生物質を使って治療しなければならなかったが、その後クシュラの健康状態は目に見えて快方に向かった。

クシュラはもう自由に走りまわることができた。とはいっても、いくらかちぐはぐな走り方だった。小さな〝おうまさん〟の三輪車も、とても上手に乗りこなせるようになった。目の焦点を合わせるのはいまだに困難で、部屋に入って、いままで見たことのない形の物があったりすると、とりわけ大変であった。そのような場合、クシュラは頭をはげしく動かして、見ようとする物の方向を定める。その熱心さのあまり、もともと不安定なバランスがくずれたりすることもあった。手はどんどん使うようになっていた。障害の大方《おおかた》が、手や指のこまかい筋肉ではなくて、腕の大きい筋肉にともなうものであることが明らかになってきた。腕が後ろのほうにいくのは、生まれたときからの特徴であり、前に手をつくのが遅いことと、歩き方が危なっかしいために、事故がたえなかった。「みて、はやく、はしれるよ！」がお気に入りの命令になったが、ころびやすいとわかっているだけに、これはむずかしい注文であった。

一九七五年一月、一家は、オークランドに近い西海岸に面した漁村のカレカレにしばらく滞在した。数年前、クシュラの母方の祖父母が、この海岸からちょっとひっこんだ山かげの土地を一エーカー半（約六〇七〇平方メートル）購入した。そこには家が三軒あった――廃屋と、一九〇〇年ごろに建てられた家と、建築後四十年たつ元雑貨屋と倉庫である。一家は、三番目の家を修繕しながら別荘に使っていた。母方の一家はカレカレの野趣と静けさを愛し、クシュラの母パトリシアやそのきょうだいは、少年少女のころから毎年休暇をすごしてきたのだった。

クシュラの両親が、カレカレを永住の地にしようと考えついたのは七五年のはじめだった。クシュラ一家はずっとデヴォンポートのアパートに住んでおり、将来パレモレモ海岸の高級住宅地に一戸建をかまえられそうな見込みもなかった。クシュラが走りまわれるようになったいま、二階のアパート住まいは不便だった。まず階段に気をつけなければならない。そのうえできるだけ外へ遊びにつれ出さなければならない。新たに加わった赤んぼうは、すくすく発育している。アパート住まいの不利がいっそう深刻になる日はもう間近であった。

一刻も早く引っ越すべきだという話になり、とりあえず古いほうの家に住み、いずれ移るということで、倉庫をかたづけて全面的な修理にとりかかった。

引っ越したのは一月末。本書の執筆がはじまる前に、パトリシアとスティーヴン夫婦は幼い娘たちと共に、古いほうから新しいほうの家へ移っていた。そして数週間後、パトリシアの妹ヴィヴィアンと夫のクライヴが、隣の元雑貨屋を広びろとした寝室兼居間に改造していっしょに住むことになった。ヴィヴィアンはオークランド市で教師をしている。両方の家族が車を持っていたので、同居は便利さを増した。つまり、一台をカレカレにおいてクシュラたちの母親が使う。あと一台に大人三人が同乗して職場に通った。オークランド市までは車で一時間である。

大人四人に子ども二人の大家族は、すみやかにカレカレの小さな共同体にとけこみ、新しい友人もすぐできた。住まいの手入れも続けた。庭をつくり、犬とねことやぎを飼った。クシュラの頬《ほお》はばら色になり、小さな体はこれまでになくしっかりしてきた。養女のサンチアは、きれいで、かしこく、何よりも健康な子どもだった。恐れと不安にさいなまれた三年ののちに、平穏と安泰に恵まれた月日がはじまりつつあるようだった。

クシュラの母親は、一九七五年三月に、本とクシュラのかかわりあいをくわしく記録した。その記録から得られる情報を、いよいよ複雑な使い方をするようになるクシュラの言語と、総合的な知能の発達とに関連づけてみたのである。

ある一日（三月三日、月曜日）の記録を、詳細な表にして本書の巻末に付した（付録D）。完全に記録ができた時期の、典型的な一日を選んだものである。

はいはいをする七か月の赤んぼうと手のかかる三歳児をかかえて、当然のことながら母親は、一日のうち何回もペンをおかなければならなかった。

苦労はいろいろあったけれども、この月は二十七日間も記録をつけることができた。

母親は、いかなるときでも、何かあるとその直後に書きとめた。罫線《けいせん》入りのメモ用紙を持ち歩いていて、字は乱雑でも正確さを第一に記録した。メモをした紙の大半が、クシュラによる〝おまけ〟の飾りつきだ。よごれた指の跡とか、たいていのメモがしわくちゃになっているさまは、この紙がクシュラたちの暮らしのまっただなかにあったことを無言のうちに証明している。

機会があれば、テープに録音もした。これはまたこれで、騒ぎの種になった。しかしクシュラのほうは、すぐにテープ録音の手順をのみこんで、役に立つ資料がたくさん集まった。

一九七四年クリスマス。クシュラは三歳であった。〝本格的な物語〟を大いに好むようになったので、物語の本がいろいろとあたえられた。ブルーナ作『クリスマスってなあに』（*The Christmas Book*）は、クシュラにとってキリスト生誕物語との最初の出会いであり、クシュラをその魅力のとりこにした。王さまたちや天使がとくに気に入って、調べたものをまた調べ直すと、手で軽くたたき、キスをした。小さな登場人物たちは、単純な形に様式化され、輪郭は明確に描かれていて、おのおのの役割は、冠や翼のあるなしで示されている。そしてクシュラは、王さまや天使そっくりの人物像を、もっともらしい場面やとっぴな場所など、さまざまな状況で見つけたり想像したりした。ブルーナの『おうさま』は、生後十八か月のときからのお気に入りだったし、ミルンの詩にある、「バターをちょっぴり」パンにつけるのがお好きな、有名な王さまは、クシュラの古い友だちだった。（クシュラは、この月のある日、食料品店で、冠をかぶった王さまの商標が印刷してある箱を見つけた。腰をかがめ、しげしげと古い友だちを見て、つぶやいた。「パンに、バターをちょっぴりつけると、おいしいんじゃ！」）

ジュディス・カー作*『おちゃのじかんにきたとら』（*The Tiger Who Came to Tea*）は、古典の特徴をすべてそなえている。

子どもたちになじみ深い場面（おかあさんとソフィーがおちゃにするところ）に、めずらしいお客が加わる。そのお客というのは、とらで、玄関のベルを鳴らす。むだをはぶいた美しい言葉づかい。それに、大好きな食べものの列挙。

「とらは、おさらのうえのぶどうパンを、ぜんぶ、たべました。……ビスケットもぜんぶ、ケーキもぜんぶ……それから、みずさしにはいっていたミルクを、ぜんぶのみ、ポットのこうちゃを、ぜんぶのみ……オレンジジュースも、パパのビールも、すいどうのみずも、ぜんぶのんでしまいました。」

他人の悪い行為を見て、あたかも自分がしたように感じて喜ぶのが、三歳をすぎた子どもたちの反応の特徴ではないだろうか。なにしろ子どもたちのほうは、社会に受け入れられる行動を要求される一方だから、嫉妬《しっと》もまじっているかもしれない。禁止になれていないクシュラでさえ、このとらのふるまいは、あんまりひどいと思ったようだ！　でも、とらは愛敬《あいきょう》があるし、礼儀正しいし、ソフィーはすっかり夢中になる。とらの足元にすわって、うっとりととらを見あげているソフィーの絵はすばらしい。とらが、けたはずれの大食いをしているあいだ、ソフィーはとらのしっぽをいとしげに自分の首にまきつけている。

とうとう、何もかもたいらげて、とらは帰っていく。そのあと、ソフィーと、呆気《あっけ》にとられたものの、とがめたりしない両親は、暗い外へ出ていく。（クシュラにとって暗闇は、あいかわらず我を忘れる対象であった。）三人はカフェに入って、「おいしいばんごはんをたべました。ソーセージとポテトフライとアイスクリームです。」クシュラは、食べものには全然関心がなく、アイスクリームはいくらすすめても口に入れようとしなかった。それなのに、家族団欒《だんらん》をみごとなタッチで描いた場面をあきずに見つめていた。「カフェ」はお気に入りの言葉の一つになり、カフェにいこうよ、が口ぐせになった。

この本の絵は、他に類を見ないほど整理されている。白地を背景にして、必要最小限のものだけが描かれ、それでいて文章が言及しているすべてのことが描きこまれている。どの絵も、簡潔な文章に忠実である。色の使い方はひかえめで、しかも効果的だ。〝文章からそれない〟描き方であり、このような質の絵は、クシュラの視覚による読書を楽にするようである。

この本を見たときも、クシュラは、絵に描かれたものが、現実のものではなくて想像上のものの場合もある、ということをすすんで受け入れようとした。ベルが鳴ると、ソフィーのママは、あれこれ推測する。「ぎゅうにゅうやさんじゃないわ。だって、けさきたんですものね……。パパでもないはずよ……」ママの推測は、一つ一つ絵になっている。

ここで、『へやのなかのおと』（*The Indoor Noisy Book*）についてドロシー・ホワイトが書いていることが思い出される。文中に一連の質問がある。「かいだんをのぼってくるのは、だあれ？せんいんさんかな？　へいたいさんかな？」ほんとうは、そのどちらでもない。けれども両方とも絵に描かれている。二歳八か月のキャロルは、母親にさからった。「そうなのよ、ここにいるもの。」いくらちがうといいきかせても、きかない。ドロシー・ホワイトは、登場人物の想像のなかにのみ存在するものは、描かないようにしてはどうかという。そしてつぎのように推論する。「子どもにとって、絵のなかにあるものは実在する、というのならば逆もまた真なりで、絵にないものは実在しないのである。」ここでもホワイトは、キャロルが、物でも人の体でも、絵に描かれていなければ、存在を信じなかった例をひいている。〝腰から下しか描かれていない〟母親の絵を見て、キャロルは質問した。「ママのあたまは、どこにあるの？」三歳をすぎても（一九四八年十一月十四日）キャロルは、この点になると混乱しているようすだった。

一方クシュラは、『おちゃのじかんにきたとら』を読んでいたとき、絵に描かれているにもかかわらず、「ぎゅうにゅうやさんではなくって、パパでもなくって……」の個所を理解していた。この本以来、とら属はクシュラの大のお気に入りになって、その人気はいつまでも衰えなかった。同時期にあたえた『ちびくろ・さんぼ』（*Little Black Sambo*）に登場するとらは、とってくうぞ、とさんぼをおどす。しかたなくさんぼは、赤いきれいな上着、青いズボン、緑色のかさ、それに「そこが　まっかで、うちがわも　まっかな、かわいい　むらさきいろの　ちいちゃなくつ」まで、つぎつぎとやってしまう。（それでもクシュラは、とらたちが大好きだった。）とらが出てくる『どうぶつえん』（*At the Zoo*）のページを楽しげにめくり、『ぼくたちだあれ？』のなかに、さらに数頭のとらを見つけた。そして物語のなかの表現を、くりかえしくりかえし使った。

「おおきくて、ふわふわで、しましまのとら」は、『おちゃのじかんにきたとら』からの引用だし、「これで　おれさまは、じゃんぐる一の　りっぱな　とらだ！」は、『ちびくろ・さんぼ』中のせりふである。三歳児にはこわすぎて不適当であるとよく批評されるが、クシュラは、さんぼの本をこわがったことはない。ドロシー・ホワイトが指摘しているように、物語のはじめで、ちびくろ・さんぼが安全を保証する家族関係のなかにはっきりと位置づけられていることが、重要なのである。キャロルもやはり、「こわがらずに聞いていた」という。

本格的な物語の本であるという理由であたえたうちの数冊が、愛読書の地位を獲得した。ジョン・バーニンガム作『ガンピーさんのドライブ』(*Mr Gumpy's Motor Car*) は、続編としてはまれな大成功をおさめた。ガンピーさんのドライブについていくといいはる子どもたちや動物は、一巻に登場したとき同様、陽気な無責任集団である。ガンピーさん自身も、やはりおだやかでがまん強い。最後はすべてうまくいって、ガンピーさんはまたまた全員を家に招待し、こんどは自分のうちの池で泳がせてやる。美しい擬音的効果のある動詞を続けて、丘の頂上をめざす車の走り方を描写する個所がある。クシュラはこれをおぼえてしまった。そして、カレカレから国道に出るまで、急な山道を車でのぼるとき、数回、そのつど順序を変えて暗唱したのである。「(自動車は) おかのてっぺんまでのみちを、ふうふういったり、うんうんいったり、はあはあいったり、つるつるすべったりしながら、ぐゎしゃぐゎしゃ、じりじりとすすみました。」これは、ドロシー・ホワイトがいうように「本と日常生活のあいだを行き来」する子の、よい例だろう。『どろんこハリー』『まりーちゃんのはる』（*Springtime for Jeanne-Marie*）『ちいさなあかいめんどり』（*The Little Red Hen*）『やぎのブッキラボー3きょうだい*』（*The Three Billy Goats Gruff*）、これらの物語はすべて、動きが多く、わくわくするクライマックスがある。そういう性格をそなえた物語は、簡潔でリズミカルな文と、絵として自立していながら文に忠実で、ときには文の解釈もする挿絵によって展開されるとき、三歳児にすんなり受け入れられる。一九七五年三月、この四冊はどれも、何十回も読まされた。手術が近づいたころ、『まりーちゃん』は、クシュラの愛読書リストの上位にあった。母親は、入院中に遊べるように、登場人物のまりーちゃん、ぴえーるくん、こひつじのぱたぽん、あひるのまでろんのぬいぐるみをつくったほどである。

しかしながら、この月クシュラに最大の衝撃をあたえたのは、『やぎのブッキラボー3きょうだい』だった。一九七五年三月二十三日に母親がつけた記録から引用しよう。

C（クシュラ）に、ポール・ガルドン*の新作『やぎのブッキラボー3きょうだい』をけさはじめて読んでやった。いつものように一生懸命聞くが、感想なし。ちょっと心配そう。午後になって、本を手にとり、すわりこんで、声を出して読む。

「これ、おすのやぎのほん。みてママ、トロルだ。」

（本を持ちあげて、ページいっぱいのトロルの絵をM（母親）に見せる。そして声をたてて笑う。）

「トロルが、かわにおちる。トロル、すごくおおきなおとをたてる。あたし、トロルみつけるよ。トロル、こわい。トロルは、おもちゃがほしいの。」

（C、絵のトロルに、うさぎのぬいぐるみをさし出す。）

「うわーい！　トロル、これすきだって！　あたし、トロルがすごくこわかった。トロル『がおーっ！』っていう。うわーい、ほら、みてーやぎがトロルにぶつかる！　うわーい、すごくこわかった。つぎ、どうなるか、わかる？　トロルが、かわにまっさかさまにおちる。おすやぎが、やまのうえにのぼる、ね、もう一ぴき、おすやぎがいる。ねえトリシア（M）、おみせでトロルかって。」

（Mが記録しているのに気づいて、）

「トロルのなまえ、かいてね。」

（ページをつつきながら、）

「あたし、トロルのめ、とっちゃう。」

「トロルは、かわのなかに、ぽっしゃーんておちるの。トロルは、おぼれてしまいました。」

ことわっておくが、クシュラはこの本を、その日の五時間前に、たった一度読んでもらっただけなのだ。「トロル」と「おすやぎ」の二語はおぼえたが、文章は記憶していなかった。けれどもストーリーの要点はちゃんとのみこんでいた。話のこわさもわかっている。「トロル」という言葉が大いに気に入り、トロルはこわいと同時に愛敬がある、と思ったようだ。母親がつけた記録の、クシュラが声に出して読んだなかに、十五回以上もトロルの名が出てくる。トロルの性格づけに魅了されたのは明らかだが、それとはまったくべつに、トロルという言葉そのものが、口に出してみたら快かったのであろう。（三月末の復活祭のとき、ねこがイースター・エッグを失敬している現場を見て、クシュラは思い入れたっぷりにいったものだ。「ほんとに、わるい、トロルニャーゴね！」）

その日の日記を、母親はつぎのようにしめくくっている。

夜、Cにせがまれて、夫と二人で、もう一度トロルの物語を読んでやった。トロルに非常に興奮する。そのスリルに、両手を体の前で組んで、両足をける。こわい思いをさせられるのを楽しんでいるみたいだ！

この本でガルドンが用いた技法は、あとでふれるもう一冊の〝新しい〟再話『3びきのくま』（*The Three Bears*）で使われているのとよく似ている。おすやぎたちが橋をわたる場面には、仮《か》借《しゃく》ない劇的要素があって、息をのむほどだ。大型本の見開きいっぱい（ひろげると44×28センチ）を使ってあり、それだけでも効果絶大である。トロルは頭でっかちで髪はもじゃもじゃ、見るからに意地悪でいたずらをしかけそうだ。クシュラは、トロルになって騒いで遊ぶのが好きで（けっしてやぎにはならなかった）、お話ではトロルの出番はまだずっとあとなのに、橋のつもりにしたテーブルの下からとび出してきて、さけんだ。「ようし、おまえを　ひとのみにしてやるぞ！」

この時期にはまた、本のなかにばかげたことが出てくるのを喜ぶことが、急に多くなった。火をつけたのは、グニラ・ヴルデ*作『いいかお　わるいかお』（*Emma Quite Contrary*）である。ハンス・ペテルソン*の『わたしいやよ、とセアラはいいました』（*I Don't Want To, Said Sara*）に出会って、燃えあがった火に油がそそがれる事態になった。どちらも、ばかばかしくて突拍子もないことをしでかす女の子の話である。前者のエマの話は現代の日常生活という設定だが、セアラは魔法のロープにつかまって現実の世界から逃げ出す。「『ロープをはなしなさい！』とおかあさんがさけびました。『わたしいやよ』とセアラはいいました。そして、とんでいってしまいました。」

エマはズボンを頭からかぶる。クシュラはきゃっきゃっと笑って、翌朝そのまねをした。「エマのおばかさんとおんなじよ。」クシュラは、プレイセンターで友だちから聞きおぼえた言葉を、おもしろくてたまらないというように使った。エマはクシュラに強い印象をあたえた。五か月たっても、クシュラの会話には何かといえばエマがとび出してきた。「エマは、いうことをきかないつみきがきらい、くずれたつみきはけっとばすんだよ。」ある日クシュラの不格好に重なった積み木がくずれたとき、クシュラはこういって、エマを見習ったのである。「クシュラも、いうことをきかない積み木は、好きじゃないのね？」と、母親がきいた。「あたしはクシュラじゃない、エマだもん。エマは、かみのけをくしゃくしゃにして、けがもじゃもじゃのいぬみたいになるんだ！」クシュラは楽しそうにいいながら、自分の髪を乱暴にかきまわした。

この二冊や、ジュディス・カー作『わすれんぼうねこのモグ』（*Mog, the Forgetful Cat*）にいちじるしい特徴は、ナンセンスの要素である。三歳児が要求する喜劇は、どたばた調であって、微妙なおかしさに印象づけられることはないのである。

数字や数の本では、ブルーナの『かぞえてみよう』に加えて、クレア・ボーズの『いくつあるかな?』(*How Many?*)が仲間入りした。後者は、ニュージーランド固有の動植物を登場させた、いわば土着の本である。「ツアタラ（ムカシトカゲ）が二ひき、ニカウヤシが六ぽん、ツイ（エリマキミツスイ）が三ば。」両親は、積み木を利用して、三歳児のクシュラが「3」の数を理解していることを確かめた。積み木を、一個、あるいは二個、あるいは三個に分けることができたし、「一対一対応」で「3」までかぞえられた。これは三歳児の平均的な水準である。

この三月、クシュラは、また別な面のユーモア感覚を、二冊の数の本にひっかけて発揮した。ある日、『かぞえてみよう』をせがんで読んでもらっていたとき、「くつしたが六そく」のところで、クシュラは母親から本をひったくるように取って、「ちがうよ！　ニカウヤシが六ぽん！」と楽しそうにさけび、喜んで笑った。そして、そこにいる数人に絵を見せ、「ニカウヤシが六ぽん」をくりかえした。みんなが笑うのを期待しているのは明らかで、みんなは親切に笑ったのである。つぎの朝、クシュラは『いくつあるかな?』を読んでといい、「ニカウヤシが六ぽん」のところで、笑いながら「ほら、ね?」といった。前日のジョークを思い出していたのは明白であった。

この時期、クシュラの大小関係の感覚は、ポール・ガルドンの『3びきのくま』に出会って、大いにのびひろがった。これは昔から伝わる話の、新しいタイプの再話で、本自体も大判（26×26センチ）である。どたどたした大きなくまたちは、人間のように服を着ていない。女の子も昔話風ではなく、かわいくない。「ちいさな、ちゅうくらいの、すごくおおきな」は、クシュラにとって目新しい分類であった。二、三週間というもの、あらゆる機会にこの分類が使われた。自分の足指、台所秤《ばかり》にのせたもの、パン、砂のお城、何もかもが分類の対象になった。そしてクシュラはまちがいなく原理を把握していた。ある日クシュラは、『ちいさい、おおきい、もっとおおきい』を本棚からとり出し、読みはじめた。何か月も、見向きもしなかった本である。最初は、「ちいさいぞう、おおきいぞう、もっとおおきいぞう」と読んだ。つぎに、新しい分類をあてはめた。「ちいさないえ、ちゅうくらいのいえ、すごくおおきないえ。」最後までこの調子だった。

この時期、ついにクシュラは自分をとりまく世界を自ら見聞して吸収しはじめた。このことを裏付ける、歓迎すべき証拠はふえるばかりだった。それまでは、こっちを見てごらんとかあっちのが何よとか、人の教えに頼っていた。あるとき日付け入りの手帳を見つけ、ページをめくっていった。「これはげつようび、これはかようび。」いちばん後ろに地図があるのを見つけると、

「ここをまがって、ずっといって」といいながら、指で道をなぞった。また、たいていの物は店で売っているのだと、突然悟ったらしい。それからは、びっくりするような注文がとび出した。「きょうりゅうを、かってちょうだい！」（ウィング作『おおきいものはなあに？』（*What is Big?*）より）

クシュラの話し方は、明瞭《めいりょう》ではあるが、ぽつんぽつんと断続的だった。冠詞、接続詞、それに「be動詞」は省略することが多く、動詞の変化もよくまちがえた。ペグボードに青い釘《くぎ》を並べながらいった言葉、「Me make blue road. Sophie go down blue road to café.」（あおいみちをつくってるの。ソフィーはこのみちをあるいて、カフェにいくの。）、これは正しくは、「I am making a blue road. Sophie goes down the blue road to a café.」である。前者の二つの文中、クシュラは一人称単数の格をまちがえ、二つの動詞の用法をまちがえ、不定冠詞二つと定冠詞一つをぬかしている。それにもかかわらず、この発言は、クシュラが知識、想像力、それに記憶力もそなえていることを示している。（『おちゃのじかんにきたとら』のなかに、ソフィーと両親が「みちをあるいて、カフェにいきました」と書かれている。）

ここで読者は、クシュラは「内容語」をまだそれほどしゃべっていなかったのではないか、そして模倣がクシュラの言語発達をとくに高い度合いで助けたとはいえないのではないか、とそのような疑問をもつかもしれない。

クシュラはこの時期に、かなりの時間、声を出して本を読んですごし、その「読書時間」は日ましに長くなった。クシュラの記憶力が発達していたことは疑いない。三月二十日木曜日、母親の記録より。

C、きょうもまた一人で本を四十分間読んだ。書名と読んだ順。

『いいかお　わるいかお』

『まりーちゃんのはる』

『ぼくのひこうき』(*Me and My Flying Machine*)

『くまくんのトロッコ』(*The Lazy Bear*)

『ガンピーさんのふなあそび』

『ガンピーさんのドライブ』

一つ一つの単語は完璧。ときどき文と文を続ける。

クシュラは、歌や童謡をたくさんそらでおぼえていた。遊びながら、いつもうたったり口ずさんだりした。母親は、三月中、もっともひんぱんに聞いたものを書き出した。

「さあ、おどろうよ、ルービー・ルー」
「ばらのはなわだ、てをつなごうよ」
「きらきらぼし」
「しずかにねんね」
「きたかぜふけば、ゆきがちらちら」
「ねんねんころり」
「めえめえ、くろいひつじさん」
「えきのそば」
「かみさまのまねをしたおじいさん」
「いちじくパイ」（クシュラ一家の、クリスマス・キャロルのかえ歌）

それにまた、ミルンの『クリストファー・ロビンのうた』の詩をほぼすべて暗記してしまった。数か月前にあたえたもう一冊の詩集『ヤング・パフィンのうたのほん』（*The Young Puffin Books* *of Verse*）は、いまでは愛読書になっていた。編者のバーバラ・アイアスン*は、高い鑑識眼で詩を選択している。作品のレベルがそろっていない詩集がよくあるが、この本の詩はどれも安心して読める。クシュラは、この新しい本に大好きなミルンの詩が数編収められているのがわかると、大喜びし、ミルンの詩集をめくっては熱心に見くらべた。

これらの詩の韻とリズムが、感覚的にクシュラに訴えたのは、疑いなさそうである。クシュラに見おぼえのあるイメージをよびさますはずがないミルンの「島」を読むとき、きまって反応を示すことからも、そう認めざるをえない。

クシュラは目を輝かせて聞き入り、まちがいなく、言葉の魅力に酔っていた。

たかく　たかく　ふらふら　よろよろ、
いわが　くずれた　かどを　まがって、
がけっぷちを　まわって、
おおいわ　こえて、
六ぽん　木が　たつ　てっぺんまで……

クシュラは、三節全部と結びの二行連句を暗記していて、くりかえす。ここで思い出されるのは、イヴ・メリアム*が命ずる「詩の食べ方」である。

遠慮はいらない。
かぶりついて
指でつまんで汁をなめなさい
あごにたれないように……
芯《しん》も
軸も
内皮も
核も
種も
外皮も
捨てるところはないのだから。

もちろん、このような教材はすべて、クシュラに〝教授ずみ〟であった。クシュラは本の文章や詩を丸暗記した。それによって、話すことが身につき、ついで自分の言葉や表現を生みだすようになったとしても、丸暗記がどの程度の貢献をしたのか、それをはかる方法はありえない。

カズデンは一九六八年、子どもの言語習得について、つぎのように述べている。

変わった表現に対して、よく聞かれる型にはまった文句というものがある。このなかには「知らない」(I don't know) というような文章を含めてもよい。わらべうたや歌の一節も含まれるだろう。そして何よりも重要なのは、子どもにくりかえし読んでやる本に出てくる言いまわしではなかろうか。キャロル*が一九三九年につぎのように提案してから、長い年月がたった。「文や句を丸暗記することが話し言葉の発達にとって重要な要素である、という仮説のもとに興味ある研究ができよう。」しかしこの研究は、いまだに手つかずである。

一九七五年、研究はいまだに手つかずである。クシュラと同程度の障害児がいて、対照的な被験者になるとする。そしてクシュラは本という刺激を受け、その子は受けないという条件のもとでのみ、本による刺激が障害を補う効果をあげるか否か、光をあてる実験が可能になる。だが、そんな子どもはいるはずがないし、そういう子をつくってもならない。事実、当然のことながらクシュラの両親は、娘の〝治療〟を、治療とはみなしていなかった。それはあくまで、ひどくみじめになりかねなかったクシュラの人生を豊かにするために、両親がとった手段である。

このひと月をかなりくわしく回想したのは、クシュラにとって、オアシスにもたとえられる日々が続いたからである。

これはクシュラの幼児時代で、短いながらも、もっとも安定した期間であった。感染症や急病という邪魔も入らず、平和な明け暮れだった。両親はクシュラの進歩に大喜びし、新しく加わった赤んぼうの健やかな発育を楽しんだ。カレカレに移り住んだのは、家族全員にとってよかったのだという両親の確信が、二人の子どもたちの生活をすみずみまで満たしていた。

母親がさかんに記録をつけるようになったおかげで、予想外の副産物が得られた。クシュラが〝字を書くこと〟に非常に興味をもちはじめ、「あたしのなまえをかいて」とか「パパのなまえをかいて」などと、しじゅうせがむようになったのである。まもなく、これはゲームになり、家族一人一人の名前を書いてやると、クシュラは順番に指さしながら、名前をいった。クシュラの頭文字「C」やパトリシアの「P」は前から知っていたので、識別は楽だったろう。しかし同じ頭文字「S」の「サンチア」と「スティーヴン」もすぐに見分けるようになった。

三月十日、母親は日記に記した。

Cは、名前や単語を書くことに、強い関心をもっている。鉛筆の持ち方はほぼ正常だが、ただ人さし指が曲がって鉛筆にまきつく。大きななぐり書きでなく、小さなしるしを慎重に書くことからはじめた。いまのところ、判読不能——Cが私たちに翻訳してくれる。

同月、すこしあとで母親は書いている。

クシュラはもう、Cushla のCを、筆跡はふるえているけれど、あらゆるところに書く——紙にも、砂の上にも。めったに正しい向きにならず。

同時に本のなかの文章が言葉を並べたものであることを、クシュラが知っていたのは絶対確かであった。クシュラはよく、挿絵がない大人向きの本を開いて〝声を出して読んだ〟。

色の識別力は、この二、三か月のあいだにしっかりしてきた。三月の末、正式ではないがテストをしたところ、基本色ぜんぶを確実に見分け、とくに教えもしないのに、紫色までおぼえていた。

腕の協調性に欠けるため、クシュラは手と指を依然としてうまく使えず、どんなにかんたんなジグソーパズルでも組み合わせられない。クシュラには、ジグソーのピースをはめる場所はわかっていても、指が思うように動かせないために、はめてみることができないのだ、という印象がたえずあった。そこで大人が〝手を貸し〟て、しかもクシュラにも手先を使う経験をさせることにした。

身体的な障害を負っているという状況にあるクシュラの、たぐいまれな長所の一つは、自分自身の無力さに対して、いらいらしたり怒ったりする反応を示さないことである。できるかぎりのことをやってみて、だめならあきらめ、いと朗らかである。これが難問に対するクシュラの態度であったし、いまもそれは変わらない。

二歳九か月で受けた前回の検査以来、クシュラはまちがいなく、着実に進歩をとげてきた。言葉づかいの面では、内容、文法ともに、目を見はるほど発達した。大文字を読んだり書いたりすることに興味を示し、幅広くいろいろな本を開いて、絵にぴったりした文章を〝声に出して読んだ〟りすることもできた。本を読んでもらったあと、そのときおぼえた言葉を、別の、しかも正しい文脈のなかで使う。また、耳で聞いた内容から推理する能力がある証拠も示した。(『すきなにおい』(*Smells I Like*) にたき火が出てきたとき、「その火(本のなかのたき火)はにおわないよ。」自分のうちのだん炉を指さして、「においがあるのは、あそこの火だけ。」といった。)

情緒面では、元気いっぱいの七か月の妹が、両親の時間や注目を横取りするのをがまんしなければならなかった。物質的な面では、世間の第一子同様、本を破かれ、おもちゃを取られあるいはこわされ、というような、新入りの赤んぼうがおこなう実験の数々を見聞きしていた。クシュラは、これらのことを冷静に受け入れていた。

身体面では、これまでで最高に調子がよかった。両親は、この元気さならば、ずっと以前から予定されていた腎臓《じんぞう》手術もいよいよ間近だと悟った。だからといって、クシュラの進歩を喜ぶ気持に水がさされたわけではない。人生は、クシュラにとっても両親にとっても、新たな性質を帯びようとしており、いまはそれを思う存分楽しんでいたのである。

クシュラの本棚より

I　**ABC ってなあに**　ディック・ブルーナ作

B　IS　FOR　BEAR（Methuen）

はじめて見せたのは生後八～九か月ごろ（第二章）

クシュラはこの本に強い愛着をもつようになった。左ページに一つだけ印刷されている文字は、明らかにクシュラをひきつけたようだ。クシュラはいつも熱心にその小文字を見つめ、ついで非常な努力をはらって反対側のページに視線を移す。

That worried the cat,
That killed the rat,
That ate the malt
That lay in the house
that Jack built.

これは　いぬ、いぬが　こづいた　ねこが　ころした
ねずみが　たべた　モルトを　しこんだ　ジャックの　たてた　いえ。

Ⅱ　**これはジャックのたてたいえ**　ロドニー・ペッペ文・絵
THE HOUSE THAT JACK BUILT (Longman)
はじめて見せたのは生後八〜九か月ごろ（第二章）
くりかえしの多い流れるようなうたは、クシュラの神経をなごませるらしい。

THE GARDEN
has a big tree
heavy with red apples,
a boat
sailing in a birdbath,
a watering can
for the yellow flowers—
BUT WHERE IS THE GREEN PARROT?

にわには、あかいみをたくさんつけたおおきなりんごのきと、
ことりがみずあびするいけにうかぶふねと、
きいろいはなにみずをやるじょうろがあります——
でも、みどりのおうむはどこにいるの？

Ⅲ **でも、みどりのおうむはどこにいるの？** トーマス＆ワンダ・ツァハリアス作
BUT WHERE IS THE GREEN PARROT?（Chatto & Windus）
はじめて見せたのは生後十八か月ごろ（第三章）

クシュラは、はじめは助けが必要だったが、そのあとは自分で一つずつ絵を注意深く調べ、おうむを見つけて大満足した。

The small Smalls help.

パパ・スモールとママ・スモールは、しょくりょうひんをかいます。
こどもたちもおてつだい。

Papa and Mama Small buy groceries.

Ⅳ **スモールさんはおとうさん** ロイス・レンスキー作

PAPA　SMALL（Oxford）

はじめて見せたのは生後十五か月ごろ（第三章）

レンスキーが描く古めかしい小さな登場人物たちは、散文的で、彼らの行為は日常的すぎると、大人の目にはうつるかもしれない。しかしそういう登場人物たちが、幼い子どもにおそらくはじめて、人間の暮らしが一冊の本のおもて表紙とうら表紙のあいだで展開するのを見せることができるのである。

V　**どろんこハリー**　ジーン・ジオン文　マーガレット・ブロイ・グレアム絵
HARRY THE DIRTY DOG（Bodley Head）
はじめて見せたのは二歳半ごろ（第四章）

クシュラは、どろんこになったために、「くろいぶちのある　しろいいぬなのに、しろいぶちのある　くろいいぬ」に変わってしまう飼い犬の話を完全に理解できた。

Grandmother Lucy was a very, very old Grandmother and she lived in a house with red roses. The sun shone on her red roses in the mornings.

When I went to see her, I knocked at her door. The door was thick and squeaked, and she always said, ''We must oil the hinges.'' We never did, so it squeaked and she smiled and I went in.

ルーシーおばあさんは、とってもおとしよりのおばあさんでした。おばあさんは、あかいばらにかこまれたおうちにすんでいました。あさになると、あかいばらのはなにたいようがかがやきます。

わたしは、おばあさんにあいにいき、ドアをノックしました。そのドアはがっしりしていて、きいきいきしみます。おばあさんは、いつもいいました。「ちょうつがいに、あぶらをささなくてはいけないね。」でも、あぶらをさしたことは、いちどもありません。だから、ドアはきいきいきしみます。おばあさんはにっこり。わたしは、うちのなかへはいりました。

Ⅵ **ルーシーおばあさんのぼうし**　ジョイス・ウッド文　フランク・フランシス絵
GRANDMOTHER LUCY AND HER HATS (Collins)
はじめて見せたのは三歳ごろ（第四章）

この話は、クシュラにとって二つの目的にかなうものであったのだろう。一つはクシュラがよく知っている日々の営みをこまやかに描いているので、クシュラは自分の体験を再確認できること……。もう一つは、ルーシーおばあさんがつぎつぎ帽子を出すというような魔法のタッチであり、これによって現実の体験をさらにひろげ、ふくらませることができた。

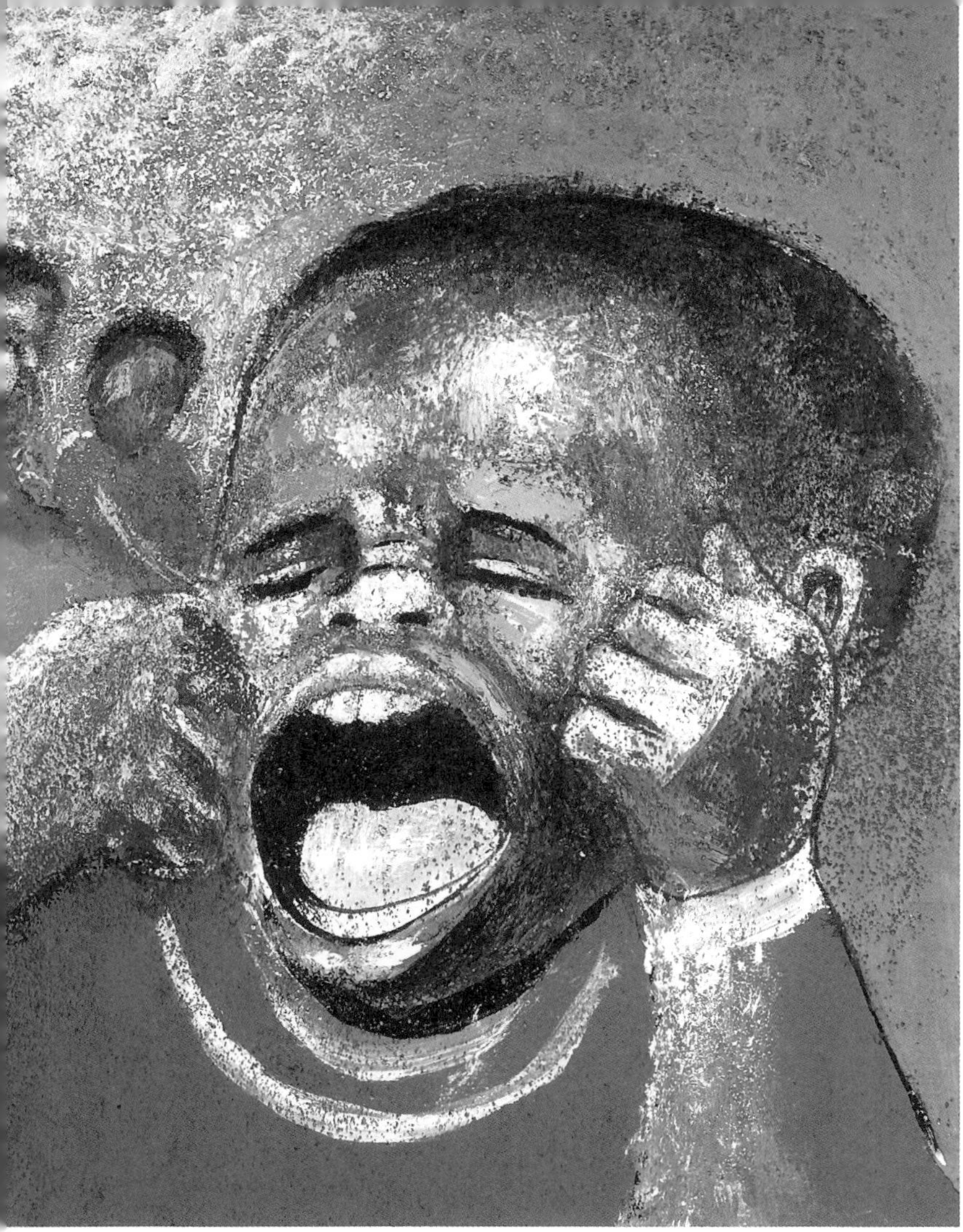

Ⅶ　**わたしのおとうとショーン**　ペトロネラ・ブラインバーグ文　エロル・ロイド絵
MY　BROTHER　SEAN (Bodley Head)
はじめて見せたのは二歳半から三歳ごろ（第四章）

クシュラは本を読んでもらうたびに、泣きわめいているショーンの小さな顔に、心配そうにキスをしてやる。……クシュラはショーンに強い共感をいだいたのである。

But Emma quite contrary roughs up her hair
with her fingers until she looks like
a shaggy dog.

いつも、エマはかみのけをブラシでとかすので、かみのけは
とてもなめらかになり、きぬいとのようにひかります。
でも、きかんぼのときのエマは、かみのけをゆびでくしゃくしゃに
かきまわすので、もじゃもじゃのいぬみたいにみえます。

Most days Emma brushes her hair until it is smooth, and shines like silk.

Ⅷ **いいかお わるいかお** グニラ・ヴルデ作

EMMA QUITE CONTRARY（Hodder & Stoughton）

はじめて見せたのは三歳三か月ごろ（第五章）

「あたしはクシュラじゃない、エマだもん。エマは、かみのけをくしゃくしゃにして、けがもじゃもじゃのいぬみたいになるんだ！」

Ⅸ　**まりーちゃんのはる**　フランソワーズ作
SPRINGTIME　FOR　JEANNE-MARIE（Hodder & Stoughton）
はじめて見せたのは三歳三か月ごろ（第五章）

簡潔でリズミカルな文と、絵として自立していながら文に忠実で、ときには文の解釈もする挿絵によって展開される物語は、三歳児にすんなり受け入れられる。

So the tiger came into the kitchen and sat down at the table.

ソフィーがドアをあけると、そこには、おおきくてけむくじゃらの、しまのとらがいました。とらはいいました。「ごめんください。ぼく、おなかがぺこぺこなんです。おちゃをごいっしょさせていただけませんか？」すると、ソフィーのおかあさんはいいました。「どうぞ、どうぞ、おはいりなさい。」そこで、とらはだいどころにはいってくると、テーブルにつきました。

Sophie opened
the door, and
there was a big,
furry,
stripy tiger.
The tiger said,
"Excuse me, but
I'm very hungry.
Do you think
I could have
tea with you?"
Sophie's Mummy
said, "Of course,
come in."

X　**おちゃのじかんにきたとら**　ジュディス・カー作
THE TIGER WHO CAME TO TEA (Collins)
はじめて見せたのは三歳から三歳三か月ごろ（第五章）

この本の絵は、他に類を見ないほど整理されている。白地を背景にして、必要最小限のものだけが描かれ、それでいて文章が言及しているすべてのことが描きこまれている。

They each had a chair to sit in.

The Little Wee Bear
had a little wee chair,

the Middle-Sized Bear
had a middle-sized chair,

and the Great Big Bear
had a great big chair.

3びきのくまは、めいめいじぶんのおかゆのおわんをもっていました。
とってもちいさなくまは、とってもちいさなおわん。
ちゅうくらいのくまは、ちゅうくらいのおわん。
そして、とってもおおきなくまは、とってもおおきなおわん。
3びきのくまは、めいめいじぶんのいすをもっていました。
とってもちいさなくまは、とってもちいさないす。
ちゅうくらいのくまは、ちゅうくらいのいす。
そして、とってもおおきなくまは、とってもおおきないす。

They each had a bowl for their porridge.
The Little Wee Bear
had a little wee bowl,
the Middle-Sized Bear
had a middle-sized bowl,
and the Great Big Bear
had a great big bowl.

XI **3びきのくま** ポール・ガルドン文・絵

THE THREE BEARS（World's Work）

はじめて見せたのは三歳三か月ごろ（第五章）

この時期、クシュラの大小関係の感覚は大いにのびひろがった。「ちいさな、ちゅうくらいの、すごくおおきな」は、クシュラにとって目新しい分類であった。

But on the way up there was
a bridge over a rushing river.
And under the bridge lived a Troll
who was as fierce as he was ugly.

けれども、やまのとちゅうのながれのはげしいかわに、
はしがかかっていました。
そして、そのはしのしたには、とてもきみのわるい、
おそろしいトロルがすんでいました。

XII **やぎのブッキラボー３きょうだい**　ポール・ガルドン文・絵
THE THREE BILLY GOATS GRUFF (World's Work)
はじめて見せたのは三歳三か月ごろ（第五章）

おすやぎたちが橋をわたる場面には、仮借《かしやく》ない劇的要素があって、息をのむほどだ。……トロルは頭でっかちで髪はもじゃもじゃ、見るからに意地悪でいたずらをしかけそうだ。

So the Elephant stretched out his trunk, and picked up the Bad Baby and put him on his back, and they went rumpeta, rumpeta, rumpeta, all down the road, with the ice-cream man, and the pork butcher, and the baker, and the snack bar man, and the grocer, and the lady from the sweet shop, and the barrow boy all running after.

そこで、ぞうは、ながいはなをのばして、わるいあかちゃんをせなかにのせました。そして、ぞうとあかちゃんは、だったんとことこ、だったんとことことこ、みちをかけていき、そのあとを、アイスクリームやさんと、にくやさんと、パンやさんと、スナックのおじいさんと、おかしやさんと、あめやのおばさんと、くだものうりのおじさんが、そろっておいかけていきました。

XIII **ちょうだい！** エルフリーダ・ヴァイポント文 レイモンド・ブリッグズ絵
THE ELEPHANT AND THE BAD BABY (Hamish Hamilton)
はじめて見せたのは三歳三か月から三歳九か月ごろ（第六章）

ブリッグズの力強い絵が物語を活気づけ、ふくらませる。おぼえやすいくりかえしは、運よくこの話を聞くことができた読者の記憶に、いつまでもとどめられるにちがいない。

and the seven girls dancing
and the five birds in a flock
and Skolinkenlot
and Skohottentot.

きこりは、おので、ねこのおなかをきりひらきました。
すると、みんなつぎつぎととびだしてきました。
ねじれたつえをもったぼくしさんと、ピンクのパラソルをもったおくさまと、
おどりはねる七にんのおんなのこと、五わのことりたちと、
それに、スコリンケンロットさんと、スコホテントットさんです。

He took his axe
and cut the cat open.
And out jumped
the parson with the crooked staff
and the lady with the pink parasol

XIV **ふとっちょねこ** ジャック・ケント文・絵

THE FAT CAT（Hamish Hamilton）

はじめて見せたのは三歳三か月から三歳九か月ごろ（第六章）

この少々柄の悪い物語は、冗談半分に読んでやり、クシュラもそういうものとして受け入れた。おまけに二人の犠牲者が、スコリンケンロットにスコホテントットという愉快な名前である。

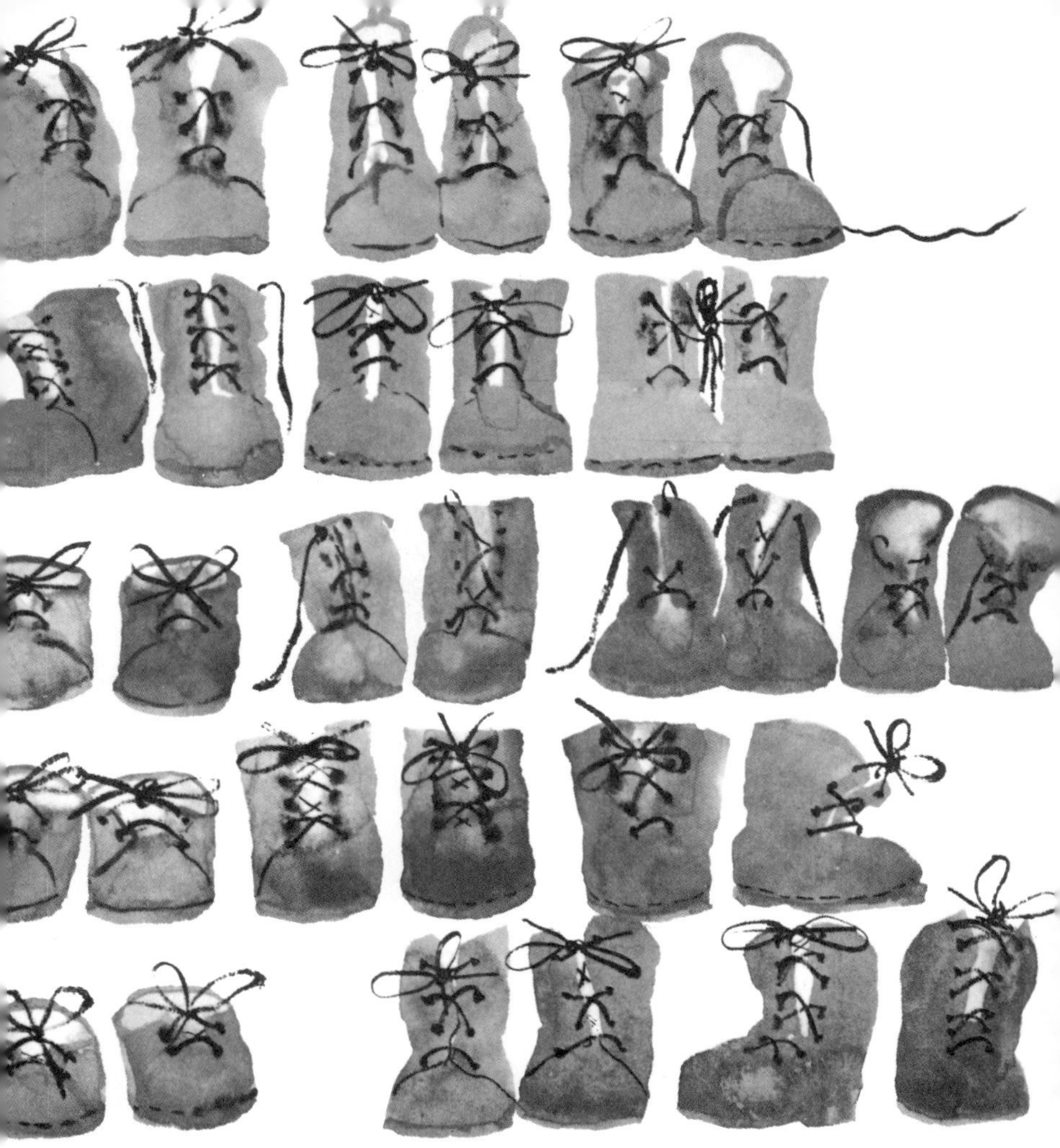

XV **こびととくつや** グリム童話 カトリーン・ブラント絵
THE ELVES AND THE SHOEMAKER (Bodley Head)
はじめて見せたのは三歳三か月から三歳九か月ごろ（第六章）

見開きページいっぱいに、大小さまざまのサイズの編みあげ靴三十足と片方だけのが一つ……この靴の集団がそれほど読者を魅了できるとは、信じがたいほどである。

よるのうちに、かわをきりぬいておくと、あさまでにはしあがっていました。こうして、くつやさんは、まえのようにしょうばいもはんじょうして、やがて、おかねもちになりました。

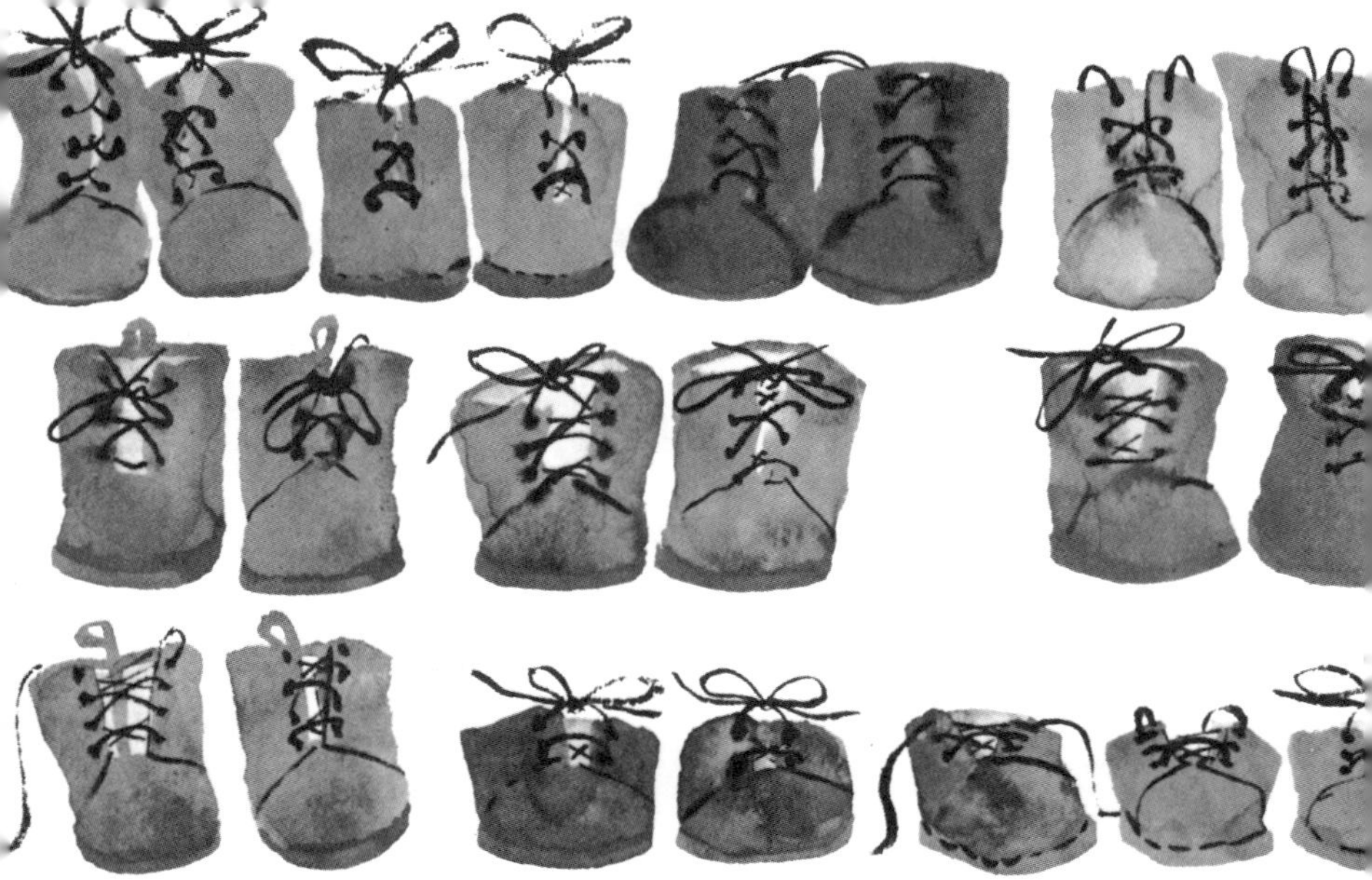

what he cut out at night was finished in the morning, so that he was soon again in comfortable circumstances, and became a well-to-do man.

（次ページ）

XVI **ちいさな木ぼりのおひゃくしょうさん**

アリス・ダルグリーシュ文　アニタ・ローベル絵

THE LITTLE WOODEN FARMER (Hamish Hamilton)

はじめて見せたのは三歳三か月から三歳九か月ごろ（第六章）

これほどクシュラに愛された本もない。その魅力はすべての三歳児をとりこにするにちがいない。構成、色、テーマ、どれをとっても最高水準だからである。

As for the cat and the dog, the captain never did find those though he looked and looked all the way along the river. He even got his telescope and looked through that, but it did not help at all.

"Well, I have done my best," he sighed. "I hope the farmer will not be disappointed."

せんちょうは、かわぞいをくまなくさがしました。でも、ねこといぬだけは、どうしてもみつかりません。しまいには、ぼうえんきょうまでもちだして、のぞきました。でも、やっぱりだめでした。

「さあて、わしはできるだけのことをした。」と、せんちょうは、ためいきをついていいました。

「おひゃくしょうさんが、がっかりしなければいいけどなあ。」

第六章
三歳三か月から三歳九か月まで

一九七五年三月、オークランド病院での定期検診のとき、クシュラ担当の小児科医は、腎臓《じんぞう》専門医と相談して、左腎臓の形成術または摘出術をすることになるだろうと告げた。左腎臓の感染が、右腎臓や他の器官にひろがるおそれは以前からあった。クシュラが病弱なために、早期に手術ができなかったのである。

四月に精密検査を受けて、クシュラがほんとうに手術に耐えられることが確認された。クシュラは各種の検査を機嫌よく受けた。両親はクシュラに、前もって心の準備をさせようとつとめた。そのおかげでクシュラは、〝病院に泊まりにいく〟ことを話題にし、友だちには「おいしゃさんがね、おなかをなおしてくれるの」と、いうようになった。

四月三十日、母親は日記に記している。

「一日じゅう病院、検査。C（クシュラ）はとても協力的、楽しそうにしていた。」

両親の主張に（いまではこの問題に関する彼らの確固たる意見を受け入れた）病院側が協力して、クシュラの家族が〝病室に寝泊まりする〟手筈《てはず》がととのえられた。入院中の十日間は、父親が毎晩同じ病室に泊まった。母親は生後八か月の赤んぼうをつれて、近くの友人宅に泊まり、毎朝病院に来た。はじめの数日間、両親が交代で昼間の看病をした。その後クシュラが回復したので、一家全員、両親と二人の子どもが、そろって一日をすごすことができるようになった。クシュラの祖母は毎日昼すぎに来て、下の子をつれてひと休みできるように、両親を解放してやった。退院前の二、三日は天候もよく、一家はクシュラを車いすに、サンチアを乳母車にのせてオークランド市立公園に行き、楽しいひとときをすごした。

腎臓は摘出せずに形成術がおこなわれた。一章で述べたように、水腎症というのは、尿管閉塞《へいそく》のために漏斗状《ろうとじょう》の腎盂《じんう》がひどく拡張した状態で、こうなるとX線でも腎実質《じんじつしつ》が萎縮《いしゅく》しているかどうかわからない。開腹したところ、腎臓の大きさは正常であった。判定はすぐその場で下された。腎盂の肥大部分を切り取り、尿の排出道をつくる。こうして、体内の老廃物の半分を排泄《はいせつ》する左腎臓が正常に機能するようになる。

この手術には、ふつうの腎臓の手術より困難がつきまとった。外科医は脾臓《ひぞう》その他の器官を調べるために、腹部から切開することにした。通常は背中を切るのである。形成と再構築は、摘出よりもこまかい技術を要する。それに、腹部から腎臓へ達する方法は、手術の困難をさらに増した。

手術直後の不安な数日もすぎて、ついに形成術を受けた腎臓が機能をとりもどしたことが確かになった。この期間、クシュラはガラスびんに包囲されていた——腕には生理食塩水の点滴、もう一つのびんには血液まじりの液体が滴下している。三番目のびんは尿を受ける。これがはずされたのは、退院前日だった。集めた尿は量をはかり、正常な右腎臓でつくられて自然に排泄される尿と比較する。左右の腎臓からの排泄量が同量になるまでこれを続ける。

この緊迫した数日間、クシュラは健気《けなげ》にふるまった。すべてに協力的で、自分がおかれた状況に信じがたいほどの理解を見せた。このように不快なことがなぜ必要なのか、知ってはいなかっただろう。しかしクシュラは、これは必要なことなのだと、はっきりと受けとめたのだ。医師や看護婦たちは口をそろえて、ひんぱんに痛みをともなう辛《つら》い治療に耐えるクシュラのがまん強さをほめた。クシュラは見舞い客に、「びんに気をつけてね！」と注意した。また、体温計を口に入れずに腋《わき》の下にはさんでほしいといい、そのほうが不快でないこともすぐにおぼえた。

退院のとき、クシュラの体重は六ポンド（約二七二〇グラム）減っていた。見た目にはやせて青白かった。しかし治療した腎臓は正常に働いており、合併症もおきなかった。

これまでの三年間、冬になるときまってクシュラは、危篤状態になって、緊急入院を余儀なくされた。一九七五年の冬は、新しい希望の光がさしこんだ。クシュラは、つぎつぎに耳の感染症と風邪と扁桃炎《へんとうえん》にかかったが、三度とも家庭医の往診だけですんだ。六月には高熱のせいでひきつけをおこしたので、フェノバルビタール（鎮静剤）が処方された。これは今後こういう緊急事態がおこったときにそなえて、手もとにおいておくためである。

手術をしてから一か月後、クシュラは、肢体不自由児協会のプールに週一回、水泳のレッスンに通うことができるほどになった。病気で中断していたにもかかわらず、めざましく上達した。手術前の経験で自信がついていたし、また、カレカレのひと夏がいっそう上達を促《うなが》した。カレカレの入江には小川がそそぎこんでいる。浅い河口付近は、潮が満ちると海水が入ってきて、幼い子どもたちにうってつけのプールになる。一月の記録を見ると、水のなかのクシュラは、同年齢の子どもたちとくらべて、ずっと勇敢だった、となっている。

八月に大きなペダル式三輪車を買い、クシュラは乗り方をおぼえた。しかしまだ小さな木馬式三輪車に乗るほうが多かった。身長がのびて力も強くなるにつれて、大きい三輪車も好きになっていったが、当分は小さいほうが楽しく遊べた。

この年、走りまわって遊ぶ力がどんどんついてきた。もう浜辺のかたい砂の上を遠くまで歩いたし、砂丘にはいあがったり木にのぼったり、全般的に三歳児の特徴である活発な日々をおくっていた。まだちょっとしたことでころんだし、両腕に力がなかったが、だいたいにおいて健常児の遊びに近いことができた。その年のはじめに一家で入会したワイアタルア・プレイセンターでは、クシュラに必要な友だちづき合いをさせることができた。そして同じカレカレに住む年下の男の子が、ほとんど毎日クシュラと遊んだ。

「目―手」の協調は、ゆっくりではあるが、発達しつつあった。複雑なパズルはやはり無理だし、服を着るときは手助けが必要だった（ゲゼルの標準によれば、平均的な子どもよりかなり人手に頼る）が、クシュラは、絵も描けるようになっていた。色ごとに絵筆を変えて使い、正しい色の絵の具つぼにもどした。人物や物体の絵らしく見えることも多く、クシュラは一つ一つの名前をいった。それから、くりかえし練習したあと、はさみの使い方もおぼえて、クシュラの遊びに切りぬきが加わった。

三歳八か月、両足をそろえて（その場で）ジャンプができるようになった。ぎごちないとびあがり方だけれども、クシュラにとっては非常な努力と集中力がいることなのだ。この成功にクシュラは大満足で、あきずにくりかえしジャンプを見せた。二年前に、両手を打ち合わせることができるようになったことと、そのときクシュラが大喜びしたようすが思い出された。

クシュラの本とのつき合い方は、〝ひとりで声を出して読む〟のと、大人に読んでもらうのと、ほぼ半々になった。

クシュラは、毎朝早い時間に両親のベッドにもぐりこむくせがついてしまったので、両親は、対策としてベッドのそばに本をひと山おいておくことにした。クシュラは、一時間以上〝声を出して本を読み〟続けていることもあった。はじめての本で、助けがいるときだけ、父親か母親をゆすり起こした。

この半年間、新しい本がぐんとふえた。ここではクシュラに目立って衝撃をあたえた本だけをとりあげる。書名は付録Bにすべてリストアップしてある。

クシュラが途方もないことを喜ぶ傾向は、この時期ますますいちじるしくなった。ニュージーランドの作家イヴ・サットン*の『ぼくのねこは　はこに　かくれるのがすき』(*My Cat Likes to Hide in Boxes*) の文は、すぐにおぼえてしまい、あらゆる機会に有頂天で暗唱した。これは、韻を踏んだ二行連句を用いて、つぎのようにはじまる。

フランスのねこは

うたとおどりがすき
だけど、ぼくのねこは　はこにかくれるのがすき

このあと、節が変わるごとに、二行連句を冒頭に足していく。内容はどれもナンセンスで、ありそうもない狂気の沙汰《さた》のすてきなリストが長くなっていく。「ノルウェーのねこは　げんかんで　つっかえた」の個所は、予想どおり、クシュラの日常会話に入りこんでしまった。線画の絵はとくに秀逸ではないが、詩の内容によく合う。これをすぐれた本にしているのは、詩のほうである。そこにはリズムと韻と、くりかえしと創意がある。言葉があざやかな色に勝ったとき、子どもはたくまざるユーモア感覚と確かな耳をもつ、という信念が正しかったとわかる。

デンマークの昔話をいきいきと独創的に再話したジャック・ケント*の絵本『ふとっちょねこ』（*The Fat Cat*）では、大食漢の主人公が誰でもかたっぱしから餌食《えじき》にするので、小さい子はおびえるのではないかと思う。「おかゆとおなべとおばあさん」だけでなく、不運な犠牲者が続々と登場し、物語の終わり近くでは、この無法なねこは、ほとんどページいっぱいになるほど太ってしまい、当然どうにかしなければならなくなる。「ねじれたつえをもったぼくしさんと、ピンクのパラソルをもったおくさまと、おどりはねる七にんのおんなのこ……」がいそいで無事に家へ

帰る情景もすばらしいが、最後の場面の、おなかにばんそうこうを貼《は》った哀れなちっぽけなねこは、さらにそれをしのぐすばらしさである。親切な木こりは、自分のつとめをはたしたあとで、ねこを手厚く介抱してやる。この少々柄の悪い物語は、冗談半分に読んでやり、クシュラもそういうものとして受け入れた。おまけに二人の犠牲者が、スコリンケンロットにスコホテントットという愉快な名前である。各場面でくりかえされるすてきなせりふがあり、クシュラは本で知った「おどし文句」のレパートリーにこれも加えた。「さっそく、おまえも、くってやるぞぉ！」

コリンズ・ビギナー・ブックスの初期のシリーズ中の一冊、ヘレン・パーマー*の『みずからでたさかな』（*Fish Out of Water*）は、金魚のオットーに餌《えさ》をやりすぎて家じゅうが大騒動になる話である。オットーがあれよあれよというまに、どうにもならないくらい大きくなって、家はこわれそう。警察と消防隊がかけつけたが、手がつけられない……騒ぎはどんどんひどくなる。おしまいは、めでたしめでたし（未就学児には不可欠の条件）だが、そこへいくまで、どたばたがくりひろげられる。クシュラは、どたばた騒動の一つ一つに、きゃっきゃっと笑いころげ、足をけりあげたり、感きわまって自分で自分を抱きしめたりした。

クシュラは、バーバラ・マクファーレン文『きかんぼアガパンサス』（*Naughty Agapanthus*）に、まったくちがう反応を示した。この女の子は、秩序や服従を要求する世界に、さまざまのやり方で反抗するセアラやエマの同類である。アガパンサスはお行儀のよい家庭（赤ちゃんの弟でさえ、「たいていのときは、とてもよいこ」）に育つが、ときどき「とても、きかんぼ！」になる。きびしい言いつけにそむいて、下着のまま外にとび出し、魚のいる池で泳ぎ、ひどい風邪をひいてしまう。お医者さんが来て、口をあけてください、とていねいにいっても、「いやっ、あけない！」とこばみ、むりやり口をあけさせようとすると、お医者さんの指にかみつく。「そうなんです、おいしゃさんのゆびにかみついて、ほねまでかんでしまうところでした！」

クシュラの反応は、手を口にあて、こわさと信じられない気持がまじった表情だった。おいしゃさんにかみついたりするもんじゃないわ！　といいたげに。これは、実際にはそれなりに教訓物語である。アガパンサスは、「むらさきいろの　くすり」をのもうとしない。「でも、おかあさんが　くちにおしこみました。」女の子は、いい子になろうと決心する。「ほんとうに、おいしゃさんがくると、とってもじょうずに　くちをあけてみせました。『へんとうせんは、もうだいじょうぶ』と、おいしゃさんはいいました。『あしたは、おきてもいいですよ。あかいジャンパーをきて、あったかくしていればね。』」

文章にはむだがない。言葉づかいは正確で響きが美しい。マーガレット・リーズの絵は、真の名人芸である。ピンク、紫、だいだい、トルコブルーの思いがけない濃淡、切り絵風の絵柄は、アガパンサスとその物語に説明しがたい生彩をあたえている。期待を裏切らない本である。『3びきのくま』や『やぎのブッキラボー3きょうだい』や『ちいさなあかいめんどり』という絵本によってはじめて出会った伝承の物語を、この時期に『ジャック・ケントのおとぎばなし集』(*The Jack Kent Book of Nursery Tales*)を手にして、本来の昔話として読んだ。このすばらしい本は、筋立てのかんたんな話ばかり七編を収めている。「しょうがパンぼうや」「あかずきん」「三びきのこぶた」「ひよこのピヨコ」など。奇をてらわない再話で、大きな各ページに、三つか四つ、明色のはっきりした絵が入っている。「ちいさなあかいめんどり」と「3びきのくま」は、すでにおなじみの話を、ちがう作家の文章で読むという経験をあたえた。(しかし実は、クシュラにははじめての経験ではない。このころ『ふくろうとこねこ』の本を三種類持っていたからである。)

この再話集の目次のページも、幼児を楽しませる。それぞれの話の題名とページを示す数字は、妖精物語の家の一部である。クシュラはこのおまけのページを食いいるように見た。ほかの本の多くも、おもて表紙から裏表紙まで、クシュラはこのようにして見る。

『こびととくつや』(*The Elves and the Shoemaker*)は、グリム*の再話。カトリーン・ブラント*の絵は非常に美しい。この本も、はじめからクシュラの琴線《きんせん》にふれた。

見開きページいっぱいに、大小さまざまのサイズの編みあげ靴三十足と片方だけのが一つ、黄土色や赤茶色系統の濃淡を使い分けて描かれているが、この靴の集団がそれほど読者を魅了できるとは、信じがたいほどである。背景は無地で、人物や物がなにげなく配置されている――はさみ、ひと巻きの糸、靴屋とおかみさんが小人たちのためにつくる服、一つ一つが読者にすぐそれとわかるように、はっきりとレイアウトされている。それから登場するのが、「ちっちゃなひとたち」で、思いきりぴょんぴょんとびはねている。（これは古今の絵本のうち、もっとも魅力的な見開き場面であろう。）小人たちはみな、前のページで見たとおりの服を着ている。この一貫性は、観察眼の鋭い四歳近い幼児のために重要である。

（カイ・ベックマン*の傑作、『あたし、ねむれないの』（*Susan Cannot Sleep*）は、挿絵における一貫性を幼児がどれほど要求しているかを示す実例となろう。つぎつぎと三ページにわたってスーザンの枕には名前がついているのに、四ページ目の枕には名前がない。「スーザンのなまえは、どこへいっちゃったの？」と、クシュラはきいた。父親が困っていると、幸いクシュラは自分で答えを見つけた。「わかった、まくらをひっくりかえしたのね！」）

家庭は安らぎの場所というテーマの本に、クシュラは変わらぬ愛着をいだいていた。病気がちな状態と、とくに今回の手術が原因となって、クシュラの安全がたび重なっておびやかされたことを反映していると推測するのはかんたんだが、しかし実際には、このような説を裏付ける証拠はほとんどないし、腎臓手術がおよぼした悪影響だけをとりたててあげるのは、不可能である。手術後の二日間の、気分が悪く痛みもあり、寝ているだけで何もしたがらなかった期間は、両親のどちらかがつきそって励ましてやった。その後は上半身を起こして、本を読んだり、話をしたり、おもちゃで遊んだり、周囲のことに関心をもって暮らしていた。

退院後はすぐに自分の生活をとりもどした。同年齢のころのキャロル・ホワイトの生活とくらべると、共通点が多い——少なくとも夢中になったことは似ていた。二人とも、家のなかの仕事に情熱をそそいだ。ドロシー・ホワイトの報告によれば、キャロルは掃除をして、「小さな主婦は、本物の主婦のようにくたくた」であったという。クシュラの母親は、娘について、「掃除やかたづけに情熱を燃やす。『これで、きちんとかたづいて、ぴかぴか』と、満足げにいう」と書いている。キャロルもクシュラも自分の両親に指図し、注意をあたえた。いずれの場合も、二人がちょうどそのとき読んでいる本の言葉があふれ出ている。

キャロル「しないでんしゃにのってはいけませんよ、はしってパンをかいにいってらっしゃい。それから、マグレガーさんとこのはたけにだけは、いっちゃいけませんよ。」

クシュラ「さあ、ちゃんとおるすばんをしてるんですよ。わたしはおかいものにいって、やきたてのパンとにまめとパイを、おばあさんのおみせで、かってきますからね。」

キャロルもクシュラも、この時期にワンダ・ガアグ作*『一〇〇まんびきのねこ』（*Millions of Cats*）に出会った。そして何千何万人もの先輩たちと同じように（初版は一九二九年）、キャロルもクシュラもこの本の魔術にかけられてしまい、「百ぴきのねこ、千びきのねこ、百まんびき、一おくひき、一ちょうひきのねこ」のくりかえしを味わい、記憶した。クシュラは二、三日もすると、「百このてんてん、千このてんてんてん……」を絵に描いたし、キャロルはすぐあとの休日に、「百ぴきのうし……百まんびきのうし」を見つけたのである。

キャロルもクシュラも、『ピーターラビット』をこよなく愛し続けた。キャロルは毎日読んでくれとせがみ、ビアトリクス・ポターの物語の細部にわたり、さいげんなく質問をした。クシュラは母親の注意を頭上の電線網に向けさせたことがある。「あれ、すぐりのきにかけてある、あみみたい。」母親がけげんな顔をすると、クシュラは笑っていった。「ピーターラビットは、すぐりのきにかけてあるあみにとびこんで、うわぎのぼたんを、あみにひっかけてしまいました。そのうわぎはあおくて、……まだあたらしかったのに。」

ドロシー・ホワイトは、キャロルがこの時期になって、小さいころに読んだ本をいっそう楽しむようになったという。それはひろがりつつある経験に照らし合わせると、よりぴったりくる本ばかりであった。そういう本の一冊について、ホワイトは、「……キャロルはそれを読んだのちに、医者にかかったり、自分の妹が哺乳《ほにゅう》びんから乳を飲むのを見たり、引っ越し前の大掃除を観察したり、という経験をした」と述べている。クシュラにも似たようなことがある。『ちいさなママ』（*Little Mummy*）、『うちのおてつだい』ともう一冊、幼児二人の生活における典型的な一日を描いたL・A・アイボリーの『うちのこと』（*At Home*）に、急に注目しはじめた。それは、いまやクシュラが、ベッドをととのえること、ねこにミルクをやること、庭の手入れをすることなどの〝おてつだい〟ができるようになっていたからである。クシュラが持っていた『デイヴィのいちにち』はくりかえし読まれ、ぼろぼろになった。サンチアにもう一冊買ったのも、クシュラが独占した。クシュラは前からデイヴィの話が大好きだったが、いままでは、ほんとうのところデイヴィと同じ活動は何一つできなかったのである。

幼児に本を読み聞かせる者はみな一様に、本の価値は、相対的なもので、それぞれ異なるのではないかと迷うものである。ドロシー・ホワイトも同じように迷い、「……『ちいさいかぞく』

（*The Little Family*）（レンスキー作）と『ピーターラビット』をくらべて、それぞれ異なる価値をどう評価するか」と、問いかけ、「……『ちいさいかぞく』のように〝単純に〟日常生活を追認する本と、『ピーターラビット』のように、直接知っているものを越えてひろがる本と、両方とも必要なのだ」と推測する。二十七年後のいまも、この意見につけ加えることはなさそうである。

『ちいさな木ぼりのおひゃくしょうさん』（*The Little Wooden Farmer*）は、アリス・ダルグリーシュ*の文に、アニタ・ローベル*が美しい絵をつけた本で、やはりこの時期にクシュラにあたえられた。これは一九三〇年の出版以来、静かに読みつがれている本である。すぐれた本でありながら、当然受けるべき正当な評価をなされたことがない。

小さな木彫りのお百姓夫婦は、すてきな農場を持っているのに、動物がいない。農場の船着場に毎日立ち寄る蒸気船の船長が、動物を見つけてこようと約束して、「こい、じょうとうなミルクをだす、ちゃいろのめうしを一とう、あたたかなけがわのがいとうをきた、しろいひつじを二とう、くるりとまいたしっぽの、ふとったピンクのぶた一とう、あさになると、ときをつげるおんどり一わ、まいにち、おおきなちゃいろのたまごをうむめんどり一わ、ばんけん一ぴき、それにげんかんぐちのかいだんにうずくまるか、だんろのまえでごろごろいうねこ一ぴき」をつれてくる。

このすぐれた小さな本のデザインは、凝りに凝っている。物語文は飾りのついた額縁のなかにぴったりと、美しく収まっている。動物も人間も、豊富な小道具もすべて、装飾つきの枠のなかに登場する。読者は何時間でもあかずに見つめる。これほどクシュラに愛された本もない。その魅力はすべての三歳児をとりこにするにちがいない。構成、色、テーマ、どれをとっても最高水準だからである。

クシュラは入院する前から、「ちいさなちいさなえほんばこ」（*The Nutshell Library*）を持っていた。あきずに四冊の小さな本を化粧箱から出したり入れたりした。センダックのお話はぜんぶ、大好きだった。なかでも『ピエールとライオン』（*Pierre*）が気に入っていた。これはいわゆる教訓物語で、主人公の性格は、エマやセアラやアガパンサスと共通している。

やはりこのころに、センダックのもっとも有名な作品、『かいじゅうたちのいるところ』（*Where the Wild Things Are*）があたえられた。子どもに読ませたものかどうか、大人の胸に不安をかき立てることの多い物語である。幼い子どもは怪獣たちをこわがらないだろうか？　なにしろ、「すごい　こえで　うおーっと　ほえて、すごい　はを　がちがち　ならして、すごい　めだまを　ぎょろぎょろ　させて、すごい　つめを　むきだす」怪獣たちなのだ。経験からいうと、大人がいっしょに読んで安心感をあたえてやれば、子どもはこわがらない。それどころか、大喜びする。その秘密は、「一しゅうかん　すぎ、二しゅうかん　すぎ、ひとつき　ふたつき　ひがたって、一ねんと　一にち　こうかいすると、かいじゅうたちの　いるところ」についたマックス少年が、いつも主導権をにぎっている事実にあるようだ。マックスは、「めを　かっと　ひらいて、かいじゅうたちの　きいろい　めを　じーっと　にらむ」と、怪獣ならしの魔法を使って手なずけてしまう。最後にマックスが、「さびしくなって、やさしい　だれかさんの　ところへかえりたくなった」とき、怪獣たちが「おれたちは　たべちゃいたいほど　おまえが　すきなんだ。たべてやるから　いかないで」と懇願しているのに、怪獣たちをおいて家へ帰る。家には夕ごはんがおいてあって、それは「まだ　ほかほかと　あたたかかった。」

センダックの文章は、純然たる詩である。途中で読むのをやめようと思っても、やめられない。読者に文学的な体験をさせ、同時に想像力を培《つちか》い、目を楽しませる。こういう怪獣たちには、どの本でもお目にかかれない。絵だけで三見開き六ページにわたってくりひろげられる「怪獣おどり」は、興奮と歓喜のどちらも等しくかき立てる。クシュラはすっかり魅了されてしまった。

『ちょうだい！』（*The Elephant and the Bad Baby*）は、大騒ぎの物語で、語りはじめは昔話風にシンプルである。「むかしむかし、あるところに、一とうのぞうがいました。あるひ、ぞうは、さんぽにでかけ、わるいあかちゃんにであいました……」レイモンド・ブリッグズ*の力強い絵が物語を活気づけ、ふくらませる。おぼえやすいくりかえし、「そして、ぞうとあかちゃんは、だったんとことこ、だったんとことこと、どこまでもあるいていきました」は、運よくこの話を聞くことができた読者の記憶に、いつまでもとどめられるにちがいない。

そのほか、クシュラの読書生活に登場し、日々手にとられた本は数多い。『くまのコールテンくん』（*Corduroy*）『うんがに おちた うし』（*The Cow Who Fell in the Canal*）『ローディおばさんにおはなし』（*Go Tell Aunt Rhody*）『風がふいたら』（*The Wind Blew*）『こわいとら』（*The Terrible Tiger*）『おひゃくしょうのバーンズさんとブルーベルのはな』（*Farmer Barnes and Bluebell*）ほか多数。

現在クシュラの父親は、二人の娘をテ・アタツ図書館へ週一度つれていく。そしてクシュラは、本を所有することのほかに、本を借りることを学びつつある。クシュラがたまにはいうことをきかないこともあるだろうが、子どもならばあたりまえである。これまでに、クシュラが断固図書館に返却したくないというので、しかたなく買った本は一冊きり、センダック作『まよなかのだいどころ』（*In the Night Kitchen*）である――といっても、目下、ローズ夫妻作*『聖フランシスはどうやって おおかみを てなずけたか』（*How Saint Francis Tamed the Wolf*）に夢中になっているクシュラのようすを見ると、大いに不安である！

この章であつかった期間に、クシュラの言語を駆使する力がぐんぐんついたことがわかる。三歳三か月だった一九七五年三月には、文章の主語に依然として"me"を使い、（本からの引用は別として）単文ばかりで話をした。それから六か月もたたない現在、正しい形の一人称代名詞"I"と、複雑な文型を用い、他人の話を伝え、過去形と未来形と仮定法（「クライヴがサンチアの写真をとるかもしれないわ。」）の使用ができるようになった。

意外にも、入院の時期と、クシュラのおしゃべりや全般的な理解の進歩とはほぼ一致したようだ。入院前にクシュラがいったこと（一四七ページ参照）を、つぎの、三月三十一日の母親の記録とくらべてほしい。

「きのうのあさ、びょういんにいったとき、おいしゃさんが、ぼくのびょういんはつくったばかりだよって、そういったの。あたし、なんていったとおもう、ママ？　あたしのすなはまもつくったばかりだよ、っていったの！（笑う）」

このおしゃべりのなかで、クシュラは自分と医師のやりとりを報告している。話の流れをたどると、クシュラは医師にすこしも負けていない！（「つくったばかりのすなはま」とは、カレカレに引っ越したことをさしているのだろう。）

その数か月後、クシュラは父親のところへ一冊の本を持ってきていった。「ヴィヴィ（叔母《おば》さん）が、まえにうちにいたときに、これをあたしにくれたの。『はい、どうぞ、クシュラ。これは、わたしがちいさかったときにもってたほんだけど、もうあなたにあげようとおもうのよ』っていったわ。」

先天的な素質や環境によって、三歳児のおしゃべりには大きな差がある。しかし疑いもなくクシュラは、話すことによって、外界を言葉で描写し、自分の考えを伝え、出来事を報告し、可能性について意見を述べることができた——一言でいえば、コミュニケイションができたのである。母親がつけた記録のうち、もっとも喜びにあふれているのは、八月二十二日のものだろう。本書の考察が終わる直前である。

一日町ですごす。午前中水泳、それから大のなかよしのトルーディ、つぎにリサとスティーヴンの家へ行く。その後おばあちゃんの家。きょう一日持ち歩いた本は一冊のみ……町ですごす日は、ほとんど本を読んでやる必要がない。友だちに会うとすごくはしゃいで、私のところにもこないし、本もせがまない。騒々しい遊びに興じて、そんな暇もないのだ。

クシュラは、一九七五年八月一日、三歳八か月のとき、スタンフォード―ビネー式知能検査*（フォームL―M）を受けた。心理学者の報告をここに全文引用する。

知力

スタンフォード―ビネー式知能検査法（フォームL―M）による評価で、クシュラは標準以上の得点をした。IQ一〇四―一一四。今回もすばらしく協力的。ただし、疲れていたため母親がときたま介助した。四歳児レベルの反対語類推と、四歳半レベルの四テストを除き、すべてのテストにパスした。視覚像に関連しないテストや、よりこまかい運動のテストは現時点では困難である。

成果

クシュラは、面接の終了前に、二冊の本を正確かつ熱心に〝読んだ〟。この二冊だけでなく、クシュラが精通している本は数多い。本格的な読書への準備は、きちんとかためられているようである。ときどき、目の焦点を合わせるのに軽い障害があると思われた。

個人的な適応と行動

クシュラは、幸せで、明けっぴろげな子どもであり、大人とも同年齢の子どもたちとも同じように気楽にしていられる。

結論と忠告

クシュラは検査を受けるようになってからこれまでのあいだに、いちじるしい発達を示してきた。とくにこの十二か月間の発育ぶりはめざましかった。〝いなか〟に引っ越したために、睡眠が以前より長くなり、全身の健康づくりに役立ったと考えられる。両親がつきそって看護したおかげで、入院期間中に発達が中断されることもなかったし、将来親離れにともなう問題の原因も生じなかった。

眼の検査は、まだ予定されていなければ是非一度受けること。健康状態と地理的条件を考慮しつつ、できるだけ子どもどうしで遊ぶ機会をつくってやることがのぞましい。

五歳の誕生日前に、発達の再検査を受けるべきである。

この結果に何もつけ加える必要はなさそうである。このままで、クシュラをありのままに伝えている。

予期できない障害を計算に入れなければ、クシュラはまず順調に発育していくと思ってよいだろう。「視覚像に関連しないテストや、よりこまかい運動のテストは、現時点では困難」であるのは事実だが、クシュラ自身が障害に対処するすべを体得するにつれて得点はあがっていくだろう、という示唆《しさ》を含んでいる。

報告にあるように、検査のときクシュラは疲れていた。朝早く家を出て、水泳のレッスンを受け、昼すぎに検査を受けるまで、友だちの家に行っていたのである。それでも機嫌よく、うちとけて、協力的であった。これは対人および対社会的な姿勢が発達をとげていることのあらわれである。クシュラは人並に関心をもつし、自意識も過剰ではない。

クシュラの外見を二、三行補足すれば、クシュラ像は完全になるだろう。クシュラは背が高く、やせているが、つり合いのとれた目鼻立ち、愛らしい目はブルー。淡い金茶の髪、肌は小麦色に焼けている。湿疹《しっしん》が出やすく、すこしでも健康状態が悪くなると、すぐに顔が吹き出物だらけになる。乳児のようによだれをたらすこともあるが、最近いくらか減ってきている。クシュラの立っている姿勢には特徴があって、足をわずかに開いてふんばり、両腕を後ろにつき出し、手のひらは外側へ向ける。目の焦点を合わせるため、顔は上向きかげんになる。神経を集中したり、新しい状況をつかもうとしたりするときには、よく緊張した表情になる。それとともに頭をはげしく動かすことが多いので、全体の姿勢はほかの子どもたちとちがって見える。しかしながら、これまでの経験から、クシュラの〝奇妙さ〟は、身体障害を補うためのさまざまな努力から生じたものであり、そのときどきの場面あるいは状況の意味を知りたがるクシュラの強い意志が引きがねになっているのだとわかる。時間と必要に応じた訓練が、このような特性を、直せないまでも目立たなくするだろうと思われる。

正しく目の焦点が合っているとき、ことにほほえんだり声をあげて笑うときのクシュラは、どこにでもいる四歳に近い幼児と同じで――人生に自分が参加している喜びに燃えている。

クシュラの友だちは、率直で人なつっこいクシュラの態度に好感をもつ。本やおもちゃや動物や遊具がいっぱいあるクシュラの家が、子どもたちのたまり場になるのはあたりまえだろう。クシュラの両親がクシュラの小さな友人たちみんなにしたわれ、カレカレの家に泊まりたい希望者はふえるばかりであるということに注目すべきである。推測にすぎないけれども、クシュラの看護に必要であった、かぎりない忍耐、寛容、そして愛情が、父親と母親のうちに、他の子どもたちも本能的に認める特質を培ったのであろう。

第七章
クシュラの発達――現代の子どもの発達理論に照らして

誕生してから現在までのクシュラの発達を考えてみると、重大な、しかもなかなか答えにくい疑問が生じてくる。

知能の面では正常だが、生後一年間クシュラを悩ませたような身体障害をもつ子どもの場合、どの程度発達が妨《さまた》げられるものだろうか？　クシュラは、微細運動の協調の面で、生後六か月の赤んぼう並になるまでに十七か月かかった（第三章のゲゼルおよびデンヴァー・テストの成績参照）。人生における最初の一年間は、物をつまみあげることも、握らされたものを二、三秒以上持っていることもできなかった。この障害があるために、赤んぼう特有の行動、〝口で物に触《ふ》れる〟ことができなかった。おすわりも動きまわることもできず、したがって身近な探検もできなかった。

それに、目の焦点を合わせるのが困難なため、身のまわりをじかに体験できない。（この障害は、最近の検査によれば、目そのものの欠陥ではなく、「目―脳」の調和困難であるという。）それを補うために、クシュラを人や物のすぐ近くで抱いて焦点を合わせやすいようにしてやったが、自然な見方にはかなわない。

健康な子どもにも、このような障害は非常に大きな影響をあたえるだろう。ましてクシュラは健康な子どもではなかった。生まれてから五十二週のうち、十週間は入院していた。しかも十か月になるまで、けいれん性のひきつけが不規則な間隔でおこった。(一分間に四、五回おこることもしょっちゅうだった。)呼吸は浅くて苦しげだし、耳と喉《のど》の慢性的な感染のために、ほとんどたえまなく抗生物質による治療を受けていた。

第二の疑問。生まれたばかりのときに、クシュラの〝正常な部分〟を、医学的に、どの程度まで診断できただろうか? クシュラを診《み》た医師や専門家が、クシュラの知能障害を疑っていたのは確かである。ふつうの親だったら、信頼できる診断としてこれをうのみにしてもしかたなかっただろうし、その結果、赤んぼうの障害を軽くするための手だても減少しただろう。

クシュラは恵まれていた。両親は、娘の知能障害をほぼ確実なものとして受け入れたものの、それにもかかわらず、不断の刺激をあたえる方針で歩みはじめ、けっして迷ったりしなかったのである。両親の包容力と決意は、子どもがかしこく幸せに成長することによって、いま明らかに報われつつある。

第三の疑問は、二点にかかわっている。一つは、身体障害を補うための代償プログラム（と、仮に分類しておく）が、障害による影響を軽くした度合い。もう一つは、絵本が、認知能力の発達を助けた度合いである。このような質問に、確かな答えなどあるはずがない。ただし第六章までに述べてきたことが、いくらかの光を投げかけ、折にふれて手がかりとなれば幸いである。また、現代の発達理論にそってクシュラの進歩を考えることも、役に立つかもしれないと思う。つぎはその試みである。

ピアジェ*によれば、子どもは生まれた瞬間から、外の世界とかかわりながら行動して、現実についての知識を綿密にしていく。インヘルダー*は、一九六二年の研究のなかで、ピアジェの理論を用いてこの過程をつぎのように説明する。

発達中の子どもの活動が順々におこなわれていく形態が、まさにその子がもつ知識の様式を決める。

では、クシュラの活動の「継続的な形態」を構成するものは、何であったか？

ピアジェは、誕生から二歳までを、「感覚—運動」の段階と定義している。つまり、物を知覚することと、それに反応して行動することのあいだには何の区別もないというのである。この段階では、考えることはすなわち行動なのだ。ジョハンナ・ターナーは著作『認識の発達』（一九七五年）で、これをふまえてつぎのように結論する。

幼児は、外界の事物を知覚するとすぐにそれに向かって、まず行動をおこし、続いてこれらの行動を内面化しはじめる、というように発達していく。その結果、たとえば目の前に食事がなくても、やがて出てくる食事について考えることができるのである。

ピアジェは一九七四年の論文で、生後一年間に子どもが通る段階を、つぎのようにくわしく分けている。そこで、判明しているかぎりのクシュラの障害を念頭において、各段階ごとにクシュラがどの程度追いついたか、評価してみようと思う。

第一段階（誕生—一か月）、哺乳《ほにゅう》反射のような反射作用が、一種の訓練をさせる。これは「行動に図式《シェマ》が成立しはじめていることを示して」いる。

クシュラについては、このレベルのことはできただろうと想定するしかない。

第二段階（一—四か月半）で早くもこのような図式が新たにふえていく。その一例、偶然の発見から親指しゃぶりをはじめる。

クシュラは両腕が役に立たなかった。当然〝身体上の〟発見という形式にはまず縁がなかった。けれども、この時期はほとんど抱かれているか、または大人の手を借りて〝遊んだ〟。それと同時に、大人の助けを得て、たえず口で物にさわった。しかし自分の手で物を口に持っていくことはできなかった。第一章に書いたように、両腕が前にくるようにして寝かせると、片手をベッドのさくからつるしたおもちゃのほうへのばすことはできた。運動障害の代償手段がどの程度まで効果的にあたえられたか、あるいはそもそもそういうものをあたえることがどの程度まで可能なのか、知るすべもない。子どもの発達のためには、「行為」が子ども自身によって、直接に知覚した外界の事物に対する反応として、おこされなければならないし、その後に「行為」が、ピアジェの用語を用いるなら「図式」として内面化されなければならない。

第三段階（四か月半―八、九か月）、視覚と把握の協調がうまれる。つまり子どもは、目に見えるものを意図的につかむことができるようになる。しかしまだ、目に見えなくても存在するという恒常性の概念をもっていないから、カバーの下をのぞいておもちゃを見つけることを知らない。

この時期のクシュラは、病院のベビーベッドにとじこめられていた。代償になる手段をあたえるのは、たいていのときは病気が重くて無理だった。たとえあたえられたとしても、最小限の進歩さえなかったにちがいない。退院したときのクシュラの状態は、実際には退歩したことを明らかに示していた。

ピアジェが分類した発達段階の第四段階（八、九か月—一年）にある健常児は、

……すでに、偶然に発見した、因果的な連鎖（循環反応）を再現するだけではものたりなくなり、このようにして発見したさまざまの図式を協応させて使うようになる。たとえば、この図式は行為の目標を定めるためとか、この図式はその目標を達成する手段、というようにである。あるいはまた新しい物を見せられると、子どもは、それをすでに知っている図式に一つ一つ順番にあてはめて知的探検をする。これは、どう役に立つか、あるいはどう使うのか、を決めるためである。そして手にとってながめたり、吸ったり、いろいろするだろう。振ったり、ゆりかごのさくにこすりつけたり、片手で握ってもう一方の手でたたいたりもするだろう。要するに、この段階の特色は、行為図式の機動力が増すことと、……近接行為間に外面的な協応がおこなわれることである。

第四段階にあたる月齢のクシュラは、健常児と同じように体を動かすのは、まったく無理だった。

生後三十五週目には、「把握能力なし」と記録され、ゲゼル発達検査の適応の評価は、「発達なし」であった（第二章参照）。

これは本質的に何を意味するのだろうか？　クシュラは初期の段階では、因果の連鎖を偶然に発見（循環反応）して意識的に再現することができなかった。実際には、適切な「図式」を内面化していなかったのだから、したがって、認知の発達を期待すべきではないという意味なのだろうか？　赤んぼうは「すでに知っている図式をあてはめて、どう役に立つか、どう使うのか決める」とピアジェはいう。クシュラは確かに、物を対象としたそういう行動はできなかった。だが、クシュラは、実は一群の「すでに知っている図式」を築きあげていたのに、身体的な障害があって、実際にあてはめることができなかっただけではないか。生後十二か月ごろには、この主張の裏付けとなる証拠が認められたのである。

まず第一に、十二か月のとき、クシュラの発声は正常だった。つぎに、三十五週目のゲゼルの測定尺度によれば、三十二週目の標準であった。これは実際の月齢よりわずか三週遅れで、しかも検査の直前に長期間入院していたのである。十二か月になると、本に描かれた数個の物の絵を識別していたし、単語も四、五語、聞いてわかる程度にしゃべった。「おしゃべりは思考と結びついており、したがって内化された行為の一体系と想定できる……」とピアジェはいう。クシュラが「内化された行為の一体系」の発達をとげていたという結論はくつがえし得ない。

ピアジェはまた、成長のリズムには個人差が非常に大きいことを明らかにしている。成長段階は、決まった順序であらわれるが、「発達の速度と持続期間はさまざま」なのだ。何よりも重要なのは、ある年齢で特定の成長段階にぴたりとあてはまっているかどうかではなく、子どもの発達がとまらないで継続していくことではないだろうか。

ここでは、発達のごく初期の段階にのみ関心を向けているのだが、その先の段階についてすこしふれておこう。ピアジェはマルチニーク島(西インド諸島)の学童をテストした結果、「保存、演繹《えんえき》、系列化などの概念の習得において四年の遅れ」を示したと報告している。……そしてこのことを、「旺盛《おうせい》な知的資質を欠く親の環境」と関連づけた。そして一般的に見て、各地でおこなった比較研究で「おどろくべき遅れ」が明らかになったという。(ピアジェのように)成熟の生物学的要因による影響を除外すると、子どもがおかれている環境がおよぼす影響、つまり社会的な要因に、誕生後大切なすべての段階をつぎつぎと通過する速度が左右されるのである。

クシュラの家庭が(ピアジェがマルチニーク島の子どもたちの遅れについて述べるさいに使った言葉を借りて)「旺盛な知的資質」をもつ環境と仮定すれば、クシュラの認知にかかわる発達が、平均的な正常の速度ではないにしても、人生のはじめの一年間は、少なくとも着実にすすんでいたと考えられないだろうか？

ブルーナーは*（一九六六年）、環境が、子どもの発達を刺激したり、弱めたりするという考え方を強く支持する。「発達に向かって内側から押す力は、それに呼応して外側から引っぱる力なしにはうまれない。」そしてさらにブルーナーは、発達段階を「行為的、図像的、象徴的」と分けて定義づけ、教育は子どもが用いる表象様式に関連づけられるべきだが、発達は、段階を問わず適切な他の様式を用いて伸ばしてやるべきである、と提案している。事実ブルーナーは、周囲の事物を手で操作すること、目で見たり想像したりすること、さらに象徴的にあらわしたりすることに必要な技術は、あらゆる年齢の子どもに何らかの形で教えることができるのだと主張する。

ピアジェとブルーナーが共に、思考と行動が不可分であるとした段階を、クシュラは身体的な障害があって通ることができなかった。しかたなく両親は、非常に幼いうちに、つぎの段階へすすませてしまった。それとも、とにかくつぎの段階にふれさせようという気になったというべきだろうか。

クシュラの場合、身体的な障害が実は発達を促《うなが》す要因になっていたのかもしれない。ブルーナーは、幼児の知覚面での注意力が「非常に不安定」であり、このことが「乳幼児の知覚における研究の不十分さ」の理由の一つではないかと述べている。クシュラの知覚面での注意力は、不安定のまったく逆であった。九か月のとき、本のなかの絵を見せると、それに焦点を合わせ、数分間熱心にじっと見つめたものだ。そしてちょうど十一か月のとき、おぼえている絵がさかさまであることを知り、見る位置を変えたのである（第三章四二ページ参照）。

ブルーナーは、知覚における図像的な段階が、二歳のはじめからはじまるとみなしている。幼児は「カムフラージュにだまされやすい」と指摘し、裏付けとしてウィトキンら*の共同研究（一九六二年）を引用している。ブルーナーは、「そのうえ（たとえば三歳の）幼児は、ばらばらになった一つの絵を元通りにすることや、部分的なヒントをもとにして完成させる能力は十分でないようだ」と述べ、つぎのように結論する。「絵のなかの人物や動物の見方において、〝一本道〟を好む傾向が強いようだ。あるいは、連続的な一貫性が子どもには必要なようである。子どもというものは、交差している線やカムフラージュや重なりあった境界によって、いともかんたんに混乱してしまう。」

この結論は、明瞭《めいりよう》でむだのない輪郭の絵をあたえる配慮（第二、三章参照）が正しかったことを示しているといえよう。クシュラが無地の背景に描かれた黒い文字や数字にひかれた理由の一つもここにあるかもしれない。

ヴィゴツキー*は、思考と言語がべつべつの、独立した活動としてはじまると信じている（一九六二年)。彼は幼児が物を取ろうとする行為を例にあげて、言葉をともなわない思考の証《あか》しであるという。認知と言語の発達は並行でありながら相互に作用しあう。そして二歳ごろに、両曲線が接し、「思考が言語化され、言葉が知能的になる」というのである。クシュラの発達を、この図式に非常にぴったりとあてはめることもできる。しかしくりかえすが、クシュラの障害の重さを、クシュラ自身が経験したとおりに、正確に評価することはできない。つまり、「行為」のレベルにおける代償の様式を考察するだけだ。しかもそういうものがあったとしての話である。

ピアジェの言葉を引こう。

生まれてから一年間に、のちに下部構造となるものが正確にできあがる。それらは、物体の概念、空間の概念、連続的な時間の概念、因果関係の概念であり、要するに、後に思考によって用いられる重要な諸概念のことである。そしてこれらは早くも「感覚—運動」のレベルで発達をとげ、身体的な行為はこれらを使っておこなわれる。

ピアジェは、下部構造の構築は前操作期の前になされねばならないが、十八か月の人生では「まったく不十分」である、ともいう。そしてまた、はじめの一年間の発達は「とくに促されるよう」にと示唆《しさ》している。

十八か月をすぎたクシュラの認知の発達は、平均的な子どもにくらべて、当時考えられていたほど、とくに医師たちがいうほど遅れてはいなかったと信じられる。すでに明らかなように、腕と目の動きが協調を欠いていたため、クシュラの認知能力が実際より低く見られたのである。

その後の言葉の発達は、表面的にはほぼ正常で、平均児との違いは、クシュラのおしゃべりには、本で「読んだこと」が高い割合で登場するという点だけである。

ヴィゴツキー、ピアジェともに、「自己中心のおしゃべり」という現象について述べている。つまり子どもは心のなかで考えている計画や行為を声に出して話し、自分相手のおしゃべりと、自分以外のものに向かっていう社会的なおしゃべりとの区別をつけない。ここでクシュラが三歳六か月のときに、絵を描きながら自分に向けて話していたことを紹介しよう。

「これは　とっても　りっぱな　しっぽを　もった　さるみたいで、これは　いけの　さかなみたいで、これは　うみの　さかなみたい……ほら、ここに　ボートが　いて、いったりきたり　してる。あたしは　ちいさい　ちっぽけな　ボートを　かくの。おおきな　ボートを　かくの。みて、トプシーと　ティムの　なまえを　かくの。ちいさな　ねずみちゃんがアガパンサスと　あそんでるとこも……ゆびが　ちょこっと……これは　ねんねのためのちいさな　ベッドで、これは　まくら……」

これは三、四歳児としてはごくふつうの、声に出した思考である。クシュラが並はずれて高い能力を示すのは、片はしから暗記するという分野なのだ。その量は膨大で、しかも無作為である。両親は、「読み聞かせ」を育児のプログラムに入れたとき、クシュラのこのような反応をまったく予期していなかった。本の文章を暗記したことが、クシュラ自身のおしゃべりに影響をあたえているのではないかという点に関し、何らかの結論を引き出すことは可能だろうか？

クシュラが話しだすと、本のなかの文句や文章に〝代わってしまう〟ことがしょっちゅうである。たとえば、三歳五か月のころ、「ねこがいる……いりぐちの　かいだんに　すわったり、だんろの　そばで　ごろごろ　いったり」（『ちいさな木ぼりのおひゃくしょうさん』より）。まるでひとりでに言葉がすべり出てくるというふうだった。最近、クシュラは自分でもそれに気づいたようすすを見せる。三歳八か月のころ、「かいものにいってきますね。あ、ママァ、こぎってちょうをわすれた！　わすれてました、ねこは　とべないんです、だけど　それよりなにより、ねこははばたきできないんだってことを　わすれてました！」（『わすれんぼうねこのモグ』より）。それから笑いだして、「あたし、ばかみたいね？」クシュラのようすから、ばかみたいといったのは、つい本の文章をいってしまったということをさしているのであり、自分の忘れっぽさではないようである。

クシュラの語彙《ごい》の豊かさは、たくさんの本とじっくりつき合ったことを反映している。複雑で表現に富む言葉や言いまわしがふえ、使い方は正確である。「とくになにもしていない（doing nothing in particular)」「びっくりするようなこうけい（an amazing sight)」「ひどくおびえた（terribly frightened)」「むずかしい（difficult)」「だまっている（silent)」「ふしぎな（strange)」「ばかげた（ridiculous)」など。

これを書いている現在、クシュラは、ロバート・マックロスキー作*『かもさんおとおり』(*Make Way for Ducklings*）を読んでもらい、「おもいせきにん（a great responsibility)」と「ほこりでむねがはちきれそう（bursting with pride)」という言葉に出会う。かもの両親がひなたちを育てるときの気持を描写する文句である。クシュラは、独特の屈託ない満足げな表情で聞いていたが、ついこのあいだまで聞いたこともなかったこれらの言いまわしの意味を理解していたのは確かであった。まもなく、本とは関係ない話のなかに「おもいせきにん」や「ほこりでむねがはちきれそう」が、かならず登場してくることだろう。

第五章で述べたように（一一〇ページ）、キャロルは一九三九年、言葉の発達における重要な因子として文や句を丸暗記することをとりあげれば、研究に役立つであろうと提案した。ここでつぎのような結論が導き出される。つまり、もしもある子どもが、耳から聞いた本のなかの言葉や句をとらえて、記憶し、別の文脈のなかで適切に使う能力を示したとすれば、その子は言葉のレパートリーをひろげたのであり、したがって認知能力を増したことになる。クシュラがこのとおりのことをしてきたのは確かであると思われる。そして現在もそれは続いている。とにかくクシュラのケースでは、文や句を丸暗記することが言葉の発達に役立ったのである。

ジョアン・タフ著『意味の焦点——上手な幼児との対話』（一九七三年）は、「教師、親をはじめ、成長期の子どもたちとつきあうすべての人たちが、乳幼児期に言語が果たす役割をより深く認識する助け」として書かれた。著者は、子どもが考えていることを表現し、同時に思考を深めるようにする言語の発達にとって、もっともよい機会をあたえる家庭環境を規定している。著者がとりあげたのは、三歳の男の子マークが育つ家庭環境で、とくに大人との関係に注目している。「マークにとって大人とは、情報を提供する人、思考や議論にさそう人である……マークは、質問をすると情報が得られる、問題を解決する努力はほめ言葉となってかえってくる、そして言葉は過去の経験をよみがえらせるものだ、ということを学んだ。」このような大人と子どものかかわりあい、つまり複雑な言いまわしを使って、議論し、予見し、計画し、熟考する両親という手本が、マーク自身の話し方に反映されている。こうしてマークは、「考える道具」を獲得していく。

ジェイムズ・ブリットン（一九七一年）は、「言葉で表現する習慣は、何よりもまず、大人との会話によってはじまり、育《はぐく》まれていく」という。ルリアとユードヴィチ＊（一九五九年）は、一卵性双生児リョーシャとユーラの研究のなかで、「言葉の遅れと行動の遅れ」が深くかかわりあっているケースがあること、そしてこの場合には、「大人とのおしゃべり」を主にした治療プログラムが、言葉と行動の両方を発達させたことをはっきり示した。

大人とのおしゃべりの機会は、クシュラが誕生直後から得ていたものである。ひとこともわからないだろうと思われるときでさえ、クシュラはたえず話しかけられていた。クシュラの質問に答えるために、そしてクシュラに考え続けさせるために、あらゆる努力がはらわれた。クシュラがちょうど三歳六か月になったときの、母子の会話の記録を記そう。

C「ママ、あのうま、まえにみた？」
M「いいえ、どこにいた馬？」
C「うーん、あのね……あのね……えーと、いまは、ちゃんとかんがえつかないの。」
M「クシュラのベッドの上にいたの？」（と、おもちゃの馬を暗示する。母親は近くの牧草地にいる馬のことではないかと思ったが、クシュラにそれをいわせたかったのである。）

C「ちがう。」

M「クシュラが遊んでた独楽《こま》についてたの？」（絵）

C「ちがうよ！　いまはかんがえつかないって、いったでしょ。だれだって、いまはかんがえつかないってことが、ときどきあるよ。ママだって、『いまはかんがえつかないわ』っていうじゃない。きのうのあさ、そういってたもん。」

M「ええ、そうね、ママなんかしょっちゅう、何がどこにあるか、思い出せないのよ。」

C（大声で）「ちがうってば！　おもいだせないんじゃない！　かんがえつかないの！」

クシュラが「ちゃんと考えつかない」と「思い出せない」の違いを理解しているとは信じがたい。クシュラが新しい表現をとらえて、機会あるごとにそれを使うことは経験ずみである。この記録の日から数日間、クシュラはあらゆるときに「ちゃんとかんがえつかな」かった。けれども結論として、クシュラがいろいろな概念と遊んでいたということは述べておかなければならない。たとえばクシュラは、「ラスト・モーニング」を「きのうのあさ」の意味で使う。おそらく「ラスト・ナイト」（きのうのよる）からの類推である。

この記録やそのほか多数の記録が語るのは、クシュラがどんなにていねいに話を聞いてもらえたか、そして真意が伝わるように細部をつけ足しながら言いたいことを表現するように、どんなに励まされたかということ、そして何よりも、いまやりっぱに言葉を駆使できるということである。ブリットンの言いまわしを借りるならば、クシュラは、言葉を「物と共にではなく、物の代わりとして」使っているのである。

これまで、クシュラが遺伝的に何を受けついでいるかについては、ふれなかった。クシュラの細胞の一つ一つすべてに異常があるのだから、当然脳細胞にも異常はおよんでいるにちがいないと推定できる。この異常による影響を知ろうとしても、おそらく無理だろう。クシュラが達成したことは、手がかりになり得るが、それですらごく一般的な参考にしかならない。確かにクシュラの父親も母親も、平均以上の知性と教育を身につけている。だがクシュラに、どのような基礎的知能が遺伝したか、推測はできても、やはり結論は出せない。したがって、そのような推測は益がないと思われる。クシュラの両親は高い知性をそなえていて、その知性をわが子の難関に決然として向けた。それはクシュラの成長に大きな役割を果たした。確実にいえるのは、これだけなのである。

結　論

クシュラの物語には、数本の、しかもたがいに絡《から》みあっている糸がある。

本書は、病気がちで、何回か危篤になった子どもの、成長の記録として読むこともできる。それと同時に、視覚と触覚の機能が不十分でありながら、活発な知性が育《はぐく》まれていった過程をたどることもできる。その知性を宿した頭脳にしても、生まれつき欠陥をもっていたかもしれないのである。

しかしクシュラの成長記を、他の子どもたちのための参考にしてもらうには、その特色をつきとめ、明らかにしておかなければならない。特色は、いくつかある。

クシュラの両親は知性的で、精力的で、勇気と包容力があった。しかしそう並べたてるだけでは十分ではない。障害をもつ子どもの養育に直面する親の多くが、同じ資質をそなえているからである。また、クシュラの両親が、何重にも障害を負った赤んぼうの、決められた治療法を他の親より一生懸命に実行した、という見方も真実ではない。

クシュラの生い立ちが他の障害児のそれと異なる点は、外から助けを得たことである。その外部の援助の質は、これまで述べてきたクシュラをとりまく環境にある要因が決めたものである。

この要因についてこれ以上くわしく書く必要はない。つぎのように述べれば十分であろう。つまり、クシュラを愛し、クシュラが自立する日にそなえて、喜んで〝クシュラの目となり、手となった〟人々とたえず親密な接触をもった経験こそ、未来へのもっとも力強い希望の源なのだ、両親ともこのような深い直観的な信念をいだいていたのである、と。

幸運な状況にも確かに恵まれていた。オークランド大学教育学部とつながりがあり、継続的な検査や関心を得ることができた。また、身内に書店経営者がおり、絵本をもらったり、適切な本を選ぶうえで助言が得られた。そして、両親は試行錯誤はしたが、クシュラにふさわしいのはどういう本か、すぐに学んだ。

このような要因、および両親が頼りにできた援助が、適切な成果をあげたのである。クシュラが何を必要としているかは、理屈よりも肌で感じとるというふうであった。学習プログラムを実施中に、ほんのわずかにせよ反応があれば、この線をたぐれば成果が望めるというサインだと受けとった。たえず新しい試みもおこたらなかった。

だが、これらとは別の一本の糸が、クシュラの成長記をつらぬいている。それは、クシュラをはじめて診《み》る医師はかならず、お子さんは知恵遅れです、と決めてかかったということである。クシュラを十八か月のときにはじめて診察した開業医は、母親に、クシュラが「正常でない」と申しわたした。疑いのない事実として認めるように促《うなが》し、近郊の「知能障害児センター」に毎日通園して治療を受ける手続きをとりましょうと申し出た。けれども両親は、クシュラの行動を表面的に観察した場合は、こういう診断結果にかたむくものであるということ、他の人々同様医師にしても、協調を欠いた両眼や、全般的に運動能力が標準値といわれるレベルに達していない点にのみ注目してしまうことを、事実として受容するようになった。

親の側が不安をいだくのは当然である。専門家である医師の言葉を、大半の人々は、崇拝にも近い気持で受け入れるものだ。どれほど多くの若い母親が、こういう〝診断〟と、施設を紹介してくれる医師の善意の申し出を受け入れてきたことだろうか。クシュラの家族も、クシュラが新生児のうちから、異常があることは認めていた。しかし十八か月のときに、クシュラがかなり進歩をとげつつあり、その進歩は、自分たちがあたえた励ましと刺激が、少なくとも一部には成果をあげたのだ、とそう信じる根拠を、両親はつかんでいた。そのときに「正常でない」と烙印《らくいん》をおされたのである。両親は、それを的はずれだと思った。施設へ、という忠告は、自分たちの努力に対する嘲《あざけ》りだとも思ったのである。クシュラの母親は、人一倍たくましく、現実的な若い女性である。けれども、このときは、クシュラの人生にかかわるうちで、もうすこしで絶望に負けそうになった瞬間であった。

クシュラが二歳になったばかりのころ、母親は、またしても「精神遅滞」の診断をつぎつぎと聞くはめになった。このときは、研修中の小児科医たちからである。病院の要請があり、両親もすすんで承知して、クシュラは診察の〝練習台〟になっていた。（その理由は明白で、クシュラがどの障害児よりも多くの、たがいに関連しない障害を示しているという、ありがたくない名誉をになっていたからである！）

母親は、「精神遅滞」の診断にも、びくともしなかった。はっきり口に出していわれるのにも、もうなれていたのだ。診察している医師たちは明らかに、できるだけたくさんの障害を見つけることに専心していた。しかし、ここで再度疑問がわく。子どもの目の焦点が合わない、手と腕がだらんとたれている、よだれをたらす、それだけで「遅滞児」だとレッテルを貼《は》られた子は、ほかにもいるのではないか？　そしてレッテルを貼る必要性について、問いただしたい気持に駆られる。レッテルを貼るということは、〝正常な〟人間と〝異常な〟人間を区別する境界線が厳としてある、という意味を含む――〝境界線〟のあっち側とこっち側では、人間性の本質が変わるとでもいうのだろうか。

それからまた、障害をもつ赤んぼうの親への援助や忠告が少なすぎるのではないか、という疑問もわく。もちろん財政的援助よりは、不断の努力と救いの手の組織化という援助のことであり、これがかなりの効果をあげるのではないだろうか？　まず第一に、医療専門家たち自身が、学習が困難な赤んぼうには、刺激と、たえずそばにいて注意を向けていることが必要であると、認めるべきではないだろうか？　親は、できるかぎり最善を尽くしたいと切実に願うものだ。しかし何が〝最善〟か、教えてもらわなければわからない。良かれと思ってしたことが裏目に出る例は、数多いのである。

ここで、希望がもてたときの話も、はさもう。クシュラの妹が生後六週間のときである。病院の精神神経科から、障害児がいても幸せなふつうの家族になることができる実例を、医学生に見せたいと、協力を依頼された。そこで両親と二人の子どもは、こちらからは向こうが見えないが、向こうからは見える部屋に入れられた。大人のほうは、このような不自然な実演にかなり気づまりだったという。しかし、ほどなく気分は楽になった。クシュラが、用意してあったおもちゃやパズルで嬉々《きき》として遊んだり、本を読んで、と持ってきたりして、両親や妹となかよく時をすごしたからである。医学生たちには、クシュラはまぎれもなく障害をもつ子だが、やはり平均的な子どもとの共通点も多いことがわかったにちがいない。この特別授業の最後に、母親だけが残って精神科医の質問に答えた。クシュラの生い立ち、それに母親自身と夫の、親としての対応について語ったのである。

医師のたまごたちが積極的に、各家族を社会の構成単位とみなして、障害児が家族の状況におよぼす影響を深く考えるようになっていくのはうれしいことである。残念ながら、すでに活躍中の医師の多くが、障害児、家族、いずれの要求にも、深い理解と知識を示しているとはとても思えない。むろん例外はある。しかし、障害児をかかえて悩み、世話に疲れきっている一般の親が、この先長い年月にわたって、援助と助言、それに何よりも理解を得られるという保証はないのである。

クシュラの両親は、生後九か月のときの第一回目の入院以来、ずっとクシュラを診てきたオークランド病院の小児科医から受けた援助と理解に、心から感謝している。この若い女医は、分類とかレッテルにまるでこだわらない。両親と同じように、彼女にとっても、「クシュラは、クシュラ」であり、潜在能力を最大限伸ばすのが困難な子どもであり、だからこそ助けがいのある子どもなのである。

知能障害児の多くは、身体障害を合わせもっているが、知能面のみの障害児も多いのである。

そのような子どもたちが、乳幼児のうちに、検査や治療のための機関につれていってもらえないこともあり得る。

バーニー（一九七五年）は、「若い夫の報告書」を引用している。（これは、一九七〇年、特別な世話が必要な子どもたちのために設立された活動団体の報告である。後援児童福祉公社、ロンドン）

現在知られている早期学習の重要性は、幼い障害児にとってより切実にあてはまる。したがって、就学前の子どもたちのための施設の充実が急務である。施設には、乳幼児のための学校、遊び場のほか、家庭教育も含まれるだろう。が、場合によっては二歳前に教育をはじめるべきである。

クシュラの「家庭教育」プログラムは、クシュラが外界から〝隔絶されて〟いるように最初に思われた時点——つまり、生まれてすぐにはじめられた。多くの赤んぼうが、原因は何であれ、外界から隔絶された状態を見すごされたまま治療を受けずにいるのではなかろうか？　もしもこのような、放っておけば「遅滞」児になる子どもに、乳幼児のうちから障害を補う手段をかならずあたえ、その後も配慮と援助を続けていくようにすれば、障害児問題の面で我々の社会は大きく改善されるのではないか？　クシュラは、これらのものをすべて得ていたが、それは、子どもたちの当然の権利なのである。

クシュラの両親は、現在大きな援助を受けている「肢体不自由児協会」にも感謝している。水泳のレッスン、クシュラ用の特殊な遊具の利用、それに同じような問題をかかえる家族と会う機会も得られる。ペアレンツ・センターの活動、幼いときのプレイグループ、そして現在のプレイセンターは、クシュラ一家の幸福に貢献してきたし、クシュラの能力を最大限伸ばすのにも役立った。

しかしながら、けっして忘れてはならないことがある。それは、クシュラの人生における重大な時期は、きわめて早く、ひどく幼いうちにきたということである。そのときクシュラは、身体的にも知的にもどんどん遅れて、ぼんやりとした印象が残るだけの世界に逆もどりする危険があった。もしもそのまま放置されていたら、クシュラの障害が現在どれほどひどくなっていたか、推測もできない。では、クシュラのように特別あつらえのプログラムをつくってもらえない子どもたちは、どうなるのだろうか？

デイヴィッド・バーニーは、障害児が特殊な「教育」学習を受ける必要性について述べている。

このように工夫された自由学習は、かならず楽しく愉快な経験となるはずである――おそらく、手あたりしだいの、動機づけが貧弱な遊びよりも、楽しいはずである。

クシュラの発達は、「自由学習」がいかに効果的かということの生きた証拠である。バーニーはさらに、「自分が価値のない存在だという感覚、依存感、抑鬱《よくうつ》」などの感情は、特別教育が必要であるのにそれを無視された場合に生じ得る、と示唆《しさ》しているが、実にクシュラの自信と快活さは、彼女にはこういう感情が皆無であることを証明しているのだ。

障害児に対して何をするべきか、可能なかぎりの方法を考慮すれば、前記のような自由学習は、疑いなく「楽しく愉快な経験」となり得ると思う。

クシュラの未来は不確かである。今後も、重大な決断をいくつか下さなければならないだろう。どのような学校に通わせるか？　入学時期は遅らせるべきか？

クシュラの進歩を維持するために、将来のある期間、マン・ツー・マンの教授が必要になるだろうという論拠がある。再度バーニーを引用しよう。

文献に明らかなように、幼い障害児には、各個人に合わせて作成された系統的なプログラムをすすめるというのが、現代の考え方であるようだ。伝統的な就学前プログラムに見うけられるような、自発的、あるいは偶発的な学習の機会を待つのは、障害児にとって適切さを欠くように思われる。

この考え方は、現在のクシュラにぴったりあてはまる。これから先も、しばらくこのとおりであろう。

プレイセンターは、遊び相手という刺激をあたえる。家庭は、一対一の教授による学習の場であることを重視しながら、定期的にグループ遊びの機会もつくる。クシュラが集団のなかでちゃんと遊べるのは、とぎれのない個人教育プログラムが成功しているためであるとみなしてよいと思う。クシュラは集団のなかでのつき合い方がどんどん上手になっている。とくに気に入った友だちを見つけ、子どもどうしの「ごっこ遊び」にも加わる。けれども、イメージの変わり方が速いと、クシュラはしばしば混乱してしまう。クシュラには、特別につきそって、きちんと見せて、教えてやる必要がある。クシュラの場合、何時間か学校へ行って、あとは家庭教育で補強するのがよいかもしれない。クシュラの両親は、これまでの実績が示しているように、教育をする資格をそなえている。

適切な物理療法と結びついた特別訓練が、クシュラの〝風変わりな〟外見をいくらか補正する、もしくはなくすのではないかと期待している。たとえば、腕の異常な動き、よろよろする歩き方、よだれが出やすいことなどである。クシュラはいま、オークランド病院に歯の治療に通っている。しじゅう病気がちで、投薬も必要だったし、歯がかなり悪くなったのはやむを得ない。こういうときにも、父親か母親がかならずつきそい、そしてクシュラは、いつものように、必要な治療であると理解している。あるいは少なくとも素直にしたがっているようである。

健康上の最大の難関、腎臓《じんぞう》の形成手術はのり越えたのだから、これで着実に進歩をとげていくだろう。中断されずにすむ時間も長くなると期待できよう。というのも、クシュラにとって、時間はいつだってこま切れだったからだ。むずかしい技術を練習する時間もなく、おぼえたことを応用する時間もなく、たえまない感染や果てしない病院通いや検査検査で、弱った体力を回復する時間すらあまりなかった。そして、中断の期間が続けざまで、しかも長かったというだけではない。知覚障害があるため、体調がもっともよいときでさえ、「摂取」は、困難な、曲がりくねった道をたどるような作業であった。

はかり知れないほど大きなクシュラの幸運は、両親に恵まれたことである。両親はクシュラを、「障害をもつ子ども」として受け入れると共に、空理空論はさけて、一日一日、適切でしかも実行できると思うことを、ただひたすらやってきたのである。彼らのとった手段は、気力に乏しい者には、とうていできなかっただろう。クシュラ自身が、その手段が適切であったことをまぎれもなく証明している。

クシュラの読んだ本が、クシュラの人生の質をどれほど高めたか、はたして評価など可能であろうか？

愛情と援助が一貫してあたえられている環境で、言葉と絵の宝庫にふれさせたことは、全般的には認知の発達、とくに言語の発達において大いに役立った。第七章までの記述で、この点が立証できていれば幸いである。

だがおそらく、クシュラの読んだ本が、クシュラに大勢の友だちをあたえたことこそ、何よりも重要である。クシュラがたえまない苦痛と欲求不満の人生を生きていたとき、本のなかの登場人物とぬくもりと美しい色が、クシュラをとりまいていた。クシュラを愛し、無力なクシュラの手足となって、クシュラに世界を見せようと努力した大人たちも、それぞれに貢献してきた。だが、ひょっとすると、クシュラしか知らない暗くて寂しい場所へお供をしたのは、本のなかの住人にほかならないのでは、と思う。

そして彼らは、これからもずっとクシュラのそばにいるだろう。ピーターラビット、ルーシーおばあさん、ガンピーさん、ジェームズ・ジェームズ、そのあとには、ねこや王さまや、とらやくまが続き、デイヴィとエマがいて、きかんぼのアガパンサスがしんがりだ。もしそうならば、クシュラはこれからも、こわいものなしだろう。

一九七五年八月十八日、三歳八か月のときに記録したクシュラ自身の言葉は、私たちが知るべきことを、語り尽くしている。このとき、クシュラはソファーに深ぶかと身を沈めて、両腕で布の人形を抱きしめており、そばにはいつものように本の山があった。

「さあこれで、ルービー・ルーに、ほんをよんであげられるわ。だって、このこ、つかれていて、かなしいんだから、だっこして、ミルクをのませて、ほんをよんでやらなくてはね。」

たしかに、これこそ、どんな子どもにも効《き》く処方である。

障害があろうと、なかろうと。

後記

クシュラの話をはじめて書いたときから二年半がたちました。「いまはどうしていますか?」と問う声があります。当然の質問です。

六歳三か月になったクシュラは、同年齢の平均児と多くの共通点をもっています。元気はつらつとして愛情深く、要求が多いけれど思いやりもあるというように。小さな妹に対して、ときにはかばい、ときには腹を立てます。ふだんはききわけがいいのに、ときどきがんこにもなり……活気とユーモアと情愛にあふれ、自信をもって生きている子どもで、生きる喜びをみんなと同じだけ味わおうとかたく心に決めています。苦痛のほうは、もう人並以上に味わったのですから。

この三年足らずのあいだに、クシュラの生活に大きな変化がありました。父親のスティーヴンは、家に陶器を作る仕事場を持ち、庭には窯《かま》があります。父親が幼い娘二人をみて、母親は毎日働きに出ます。母親のパトリシアは、オークランド市にある大きな企業に勤め、統計部のコーディネーターとして働くかたわら、会社のすすめで通っている大学の研究科（数学）で研究論文の仕上げをしています。このように家族の役割が変わり、多くの利点がもたらされました。その一つは、スティーヴンが創造的な才能を伸ばす好機を得たことです。それまでは時間が足りなくて、とても無理でした。そしてパトリシアには、新たな経験を積み、資格を生かす機会があたえられました。クシュラの乳幼児期は、緊張と心配の日々で、そのようなことなど念頭から消えていたのです。

なによりもすばらしいのは、幼い娘たちの生活に新鮮味がもたらされたことでしょう。現在のスティーヴンは、娘たちを、自分の人生と関心事に、自分なりのやり方で参加させることができます。彼の陶器はオークランド市で知られるようになり、買い手もついてきました。冒険は、試みの段階をすぎて、着実で満足できる成長の時期に入ったのです。

親の役割の転換は、この家庭ではスムーズに成功しました。娘たちは両親を「スティーヴ」「トリシア」とよんでいます。夫婦は家事を分担するのではなくて、いつもいっしょにやってきました。二人はまた、友人は物より大切であり、お金は物をふやすためにではなく、興味の対象を維持しひろげていくために使われるべきであるという信念を分かちあっています。

古いけれど居心地のいい家は、いかにも彼ららしく、本と家族の趣味の豊かさを示す品々であふれています。家具は古いものか間《ま》に合わせで、四方の壁には手作りの壁かけやポスターや子どもたちの絵が飾られています。居間においてある大きなスプリングマットレスは、子どもたちとペットと両親が寝そべるのに最適です。ここで、本を読んだりゲームをしたりします。真ん中がくぼんだすわり心地のいい古い長いすが、陶器作りの仕事場のすみにあります。スティーヴンが、ろくろや製作台から手が離せず、しかも子守りをしなければならないとき、子どもたちは本とおもちゃをかかえてこの長いすに来ます。それからスティーヴンは、大きな両開きのフランス窓を中古で買い、仕事場の壁にはめこみました。フランス窓の外は庭に面した屋根つきのテラスで、子どもたちがそこで遊んでいるのを窓ごしに見たり、声を聞くこともできます。

道に面した地所の境は、自分たちで植えた生け垣でかこわれています。裏手の土手にはポフツカワの大木があり、夏には真紅の花をつけた枝を家にもたれかかるようにのばします。冬、家の中は、暖炉で燃える木のにおいが、スティーヴンが建てた大きな棚のある食料庫からただよう料理用の薬草の強い香りとまざりあっています。岩壁が左右に立つ深い入江のあるこの峡谷とタスマン海とをへだてるけわしい絶壁のむこうでは、昼となく夜となく、荒波が岸にぶつかってくだけています。けれども賢明に住まいを定めた初期の開拓者のおかげで、この家は山のふところに安全におさまっています。

クシュラがベビー服を着られなくなり、学校にあがる年齢になるころから、障害の程度や性質がいっそう明らかになってきました。難聴が障害のリストに加わり、さらに、手先をうまくつかえない欠陥は成長につれて克服していくだろうという考えが甘すぎたことがわかりました。けれども、書く能力が劣れば、それだけ読書力の高さがきわだつというものです。しかもクシュラは、書く努力を続けています。こうした努力こそ、一見不可能なことに対する、クシュラのいつも変わらぬ姿勢なのです。時は、その実りが多いことを証明してきました。

クシュラの活字にひかれる気持は、弱まることがありません。近ごろではもうすらすらと読めますが、サンチアに読んでやるのはべつとして、黙読のほうを好みます。声に出して本を読むのは、それなりの理由があるときにかぎられます。目下夢中になっているのは、標識や広告、ややこしく書かれた指示をたどる宝さがし、それに親切な知人から手紙をもらうことです。依然として本の文句を引用しますが、近ごろは黙読が多いので、こちらには何の本からの引用か、なかなかわかりません。「フェザーズ　アンド　フォックスグラヴズ（羽毛とジギタリス）！」という間投句は、家族のみんなが困惑させられ、図書館から再度クライデ・ワトソン*の『キツネのトムとアップルパイ』（*Tom Fox and the Apple Pie*）を借り出した折に、やっとその本に書かれていたせりふだと判明しました。ホフマン*の再話『おやゆびこぞう』（*Tom Thumb*）を二人の小さな女の子たちに読んでやってからは、「グッド　ラッカデイ（やれ、なんてこった）！」が口ぐせのようにとび出してくるようになりました。

クシュラは、読むことをとくに〝教えられ〟はしませんでした。本を通してであろうとなかろうと、言葉とお話を豊富にあたえることが読書教育の方法である、といえるなら話はべつです。私自身は、そういえると信じ、またそれが最上の方法であると信じています。この方法は、読書を喜びに満ちた過程として経験する――人間として当然のことですが――子どもたちをうみ出します。そういう子どもたちは、海綿が水を吸いこむように概念を吸収します。自明のことですが、この旺盛《おうせい》な摂取の助けを得て子どもたちは、人生を構成する複雑で矛盾した経験のなかに意味を見出すことができるのです。

クシュラの声はまだ細く、いくぶんハスキーで、言葉による応答は遅れがちです。呼吸をととのえ発声の準備をするのに時間がかかるうえ、クシュラは完璧に考えをまとめようとするので、話をする作業がよけいにむずかしくなるという気がします。クシュラはどんなできごとについても、その成り行きを自分で自分に解説するくせがあります。そして、ときにはすばらしい洞察力を示します。

「わたしがスキップをおぼえたので、みんなびっくりしてる。きょうわたしがきたとき、わたしにスキップができるなんて、みんなおもわなかったのね。おじいちゃんたらいうのよ、『あれ、まあ！　クシュラがスキップをおぼえたぞ！』って。」

これは、クシュラが披露したスキップという新しい技に対する、身内の反応についての注釈です。スキップが成功したのは、もうよく知られているクシュラのひたむきな努力のたまもので、成果をあげるまでには、きびしい集中力が必要でした。おじいちゃんもふくめて、家族が口にしたのは、お祝いの言葉だけです。誰一人として、おどろきなど表に出さなかったのです。ほんとうはおどろいて当然だったのですが。

クシュラはこの二年間に四回入院し、呼吸を容易にするための鼻の手術と、聴力が衰えるのを防ぐための耳の手術を受けました。クシュラは、いまだにしじゅうころびます。あるときは頭の骨にひびが入りましたが、幸い大事に至らず治癒しました。（特別あつらえの緩衝ヘルメットを病院がつくってくれ、これは小さな友人たちの羨望《せんぼう》と賞賛のまとになっています。）

いまでは、カレカレ峡谷に小学校があります。ローン・カウリ・コミュニティ・スクールは、一九七八年二月に開校し、ニュージーランドの田舎という条件を考えても、ユニークな学校です。原生林《ブッシュ》の開墾地にある納屋が校舎で、生徒は六人。みな五、六歳児で、正式には国立通信教育校の在籍生です。児童の世話をする若い男性の補助教官は、幸運にもこのカレカレの住民で、資格をもつ教師でした。彼は子どもたちとも親たちとも親しく、この型破りな校舎（彼の納屋）を理想的な教育の場と考え、人数は少ないけれど元気いっぱいのちびっこ集団を引き受けています。一方、本物の校舎は地元の有志が労働力を提供して建てています。

このめずらしい状況は早くも世間の注目を集め、大新聞と地元紙に記事がのりました。両紙とも、同じ年かっこうの六人の健康な遊び着のままの子どもたちの写真を掲載し、子どもたちは、それが自然で満ちたりた学校生活であると思っていると紹介しました。このうちの一人はクシュラです。先生は、クシュラが特別な子どもだと知っています……とはいっても、先生にとって、四人の男の子ともう一人の女の子も、やはり特別な子どもなのです……。

サンチアはもうすぐ四歳。しずかな女の子です。スペイン風の名前サンチアは、「聖人のような」の意味ですが、その名のとおりマドンナの美しさをたたえた子どもです。たのもしいことに、自分の権利が侵害されれば敢然と反撃します。しかしサンチアは、愛情の深い、素直で、聡明で、成熟した子どもです。サンチアに、年齢にふさわしい本をあたえなければと、気にする人は誰もいません。赤んぼう時代から抜け出たとたん、サンチアは、二歳半年上のクシュラにふさわしい本を好んで見るようになったからです。これはいまでも同じです。

先日、私は二人に、ハインズ再話*、ハイマン絵*の『しらゆきひめ』（*Snow White*）を読んでやりました。よこしまな女王が、倒れて死ぬまで真っ赤に焼けた鉄の靴をはいておどらされる最後の場面で、私はためらいました。そのとき、二人の子がやはり原話の結末に忠実なジャレル*訳、バーカート*絵の版『白雪姫と七人の小人たち』(*Snow White and the Seven Dwarfs*) を持っていて、しかも大好きなのを思い出したので、思いきって先を読みました。お話が終わったとき、ちょっと沈黙がありました。それからサンチアが、いつもの、おどろくほど低く、素朴なニュージーランド人特有の声でいったのでした。「そうよ、ばちがあたったのよ。」うわついたところのない、しっかりした少女です。

そして、クシュラもしっかりしています。まずなによりも、クシュラは現実的な子どもです。クシュラは、人生は辛《つら》く、苦しみに満ちていて、ときには絶望に屈してしまいそうになることを知っています。けれどもそれだけではありません。人生はすばらしく、価値あるもので、生きてゆかねばならない人生ならば、前向きにすすむのがいちばんいいことだと知っています。クシュラ・ヨーマン、私の孫娘、勇気とユーモアをそなえたこの子は、いまのところすばらしく前向きに人生を歩んでいます。

私は、クシュラが生まれる七年前にも、子どもの人生を豊かにする本の力に深い信念をもっと主張したものです。しかし現在の確信にくらべると、当時の信念は底の浅いものでした。いまの私は、活字と絵が、原因は何であれ、外界から隔絶された子どもに何をあたえるかについて知っています。しかし私はまた、すすんで子どもと本の仲だちをする人間がいなければ、そもそも本が子どもにわたらないことも知っています。もしも他の親のもとに生まれてきていたら――その親がどれほど聡明で善意の持主でも――クシュラは、赤んぼうのときに、本のページにのっている言葉と絵に出会わなかったかもしれません。長期にわたって病床にあり、身体面のみならず知能の面でも障害をもつとみなされる赤んぼうに、本の読み聞かせを処方する医師や専門家が、いったいどこにいるでしょうか。

人間の手で、本と世界じゅうの障害をもつ子どもたちをつなぐ輪を、もっともっとふやしたい、そう希望するからこそ、クシュラの両親は、娘の話を出版することに同意しました。私たちはみな、クシュラが大きくなったあかつきには、この輪をふやす手つだいを望むだろうと確信しています。かけ橋としての本によせるクシュラの信頼は、私たちの信頼よりももっと強いのではないかとさえ思います。

すいせんのことば（原著より）

オークランド大学教育学部教授
マリー・クレイ

『クシュラの奇跡』は、内容、記述の方法ともに比類ない著作である。これは、発達上の障害をもつ子どもに、本を基礎とした高度に独創的な代償プログラムを如何《いか》にあたえたか、ということに関する奥行きの深い考察である。この一家は、子どもの発達について得た最上の情報を、クシュラの特殊な問題に、洞察と気力と決断力をもって応用したのであった。

数年前私はドロシー・バトラーに、孫娘に関するこの研究を思いとどまるよう忠告した。アカデミックな研究にまとめ、教育学の研究論文として提出するには個人的にすぎると思われたのである。私は、子どもの発達過程で助けを求めている大勢の親たちにかかわってきたため、クシュラの家族とクシュラ自身の反応に過度の危惧《きぐ》をいだいたのである。おそらく大人になったとき、クシュラは、自分の幼いころについて書かれたものを読んでいい気持がしないだろうと。しかし、クシュラの家族について、私は確かに考えちがいをしていたのだ。聡明で粘り強い両親は、クシュラの乳幼児時代に、専門家の意見にも屈せず、強硬で思いやりに満ちた決断をいくたびとなく下した。そのいきさつは本文で明らかにされている。二人には世間並以上に連帯意識の強い家族や親戚《しんせき》がついていて、複雑な障害をもつ、はじめての子どもを育てている若い両親に、必要に応じて救いの手をさしのべたのである。

クシュラの物語は、眠れない病弱の子をなだめる手だてを模索する両親の、すばらしい創意を描き出す。彼らは生後四か月のクシュラに本を読んでやるが、それはクシュラの理解を期待してというよりは、抱いてあやす長い時間をまぎらせるためであった。そのうえ幸いにも、この大家族の趣味の一つが子どもの本であり、本が大好きなだけでなく、造詣《ぞうけい》も深い。だからこそクシュラは、本の世界へ、早期に非凡ないざないを受けたのである。

障害児の問題について、ときおりいろいろな説が述べられる。しかし本書ほど積極的な示唆《しさ》はまれである。この一家は、昼夜の看護、聡明な行動、愛情に裏付けられた粘り、そして困難な状況のたびに下した、健全で、前向き、かつ現実的な判断でもって、専門家たちの悲観的な予測をのり越えてきた。そして三歳になったクシュラは、多くの点でとまどうほど例外的な子どもでありながら、健常児をしのぐ得意の分野をもつに至った。本書は、すべての障害児の親が、こつこつとまねをすれば成果があがるといった秘訣《ひけつ》をあたえるわけではないが、創造的なアイディアが盛りこまれているのは確かである。

私は、未就学児をもつ多くの親が、本書を読んで、親の看護がもたらす実りと、共に分かち合った経験がうむ豊かさを見出すだろうと思う。そのうえ、子どもの本についても、新旧とりまぜて広く学ぶだろう。

また本での経験と現実の日常体験とが交差しあうことも、知識と創造的ファンタジーを共有する喜びも、広義の学習に入る前の跳躍台としての本の役割についても学ぶだろう。

『クシュラの奇跡』の語り手の功績は大である。著者は本書に登場する人々をよく知り、彼らとともに本を愛し、そして親しい間柄ながら客観的であろうとつとめ、学習の手だてを会得《えとく》しつつあるクシュラに何が大切であるかを、鋭敏にペンでとらえたのであった。

訳者あとがき

百々佑利子

ニュージーランド北島のオークランド市中心部から、優美なハーバーブリッジを渡った対岸のタカプナ地区の小高い丘の上に、ドロシー・バトラーさんが経営する児童書専門店があります。この書店に私がバトラーさんを訪ね、『クシュラの奇跡』と出会ったのは、原書が出版された直後の一九七九年のことでした。

帰国してすぐ私は、バトラーさんに『クシュラの奇跡』を読んで非常に感動したばかりでなく、本書から人生の指針を得たこと、そしてぜひ日本で翻訳紹介をしたいと思っていることなどをつづった手紙を出しました。

バトラーさんからは、「はじめは論文として書いたものですから、固苦しくて読むのが大変だったでしょう。でもとてもうれしく思います。できたらまたニュージーランドへ来て、クシュラにも会ってください」と返事が来ました。

それからもう四年半たちました。バトラーさんとの手紙のやりとりも数えきれないほどで、ニュージーランド行きも計三回になりました。手紙や訪問を通じて、バトラーさんが子どもの読書教育に情熱をそそいでいることを知り、この愛と感動をよびおこす著作が、著者の長年にわたる信念の実践から自然に生まれてきたもののようにすら思われたのです。

バトラーさんは四十歳までは専業主婦として八人の子どもの育児にかかわり、その後自分の読書体験と子どもたちを本で育てた経験を生かして児童書専門店をはじめました。そのうちに本嫌いの子や本を読めない子がいるのに気づき、書店にプレイルームとブック・シアターと書斎を建て増ししました。プレイルームは子どもが本に関心をもつようになるまで遊んでいられる部屋で、書斎はバトラーさんが母親たちに読書教育をする場です。そしてブック・シアターでは、本を読めない子や未就学児にバトラー式読書教育がおこなわれます。私が参観したユニークで楽しいバトラーさんの読書学習については、いずれ別の機会にご紹介したいと思います。

「本を子どもの周囲におくこと。いきなりストーリーに入らず、表紙や見返しをゆっくり見せて想像をふくらませ、本に注意を向けさせること。怒らずにほめること。」家庭での読書教育のこつはこれだけです、とバトラーさんはいいます。バトラーさんの読

著者　ドロシー・バトラー・ブックショップにて

書学習に参加した子は、集中力がつくし、本好きになって、兄弟や友人をさそってまたやってくるそうです。

『クシュラの奇跡』と読書教育の功績に対して、一九八〇年英国のエリナー・ファージョン賞が贈られました。でもバトラーさんは、「受賞よりも、一人でも本好きの子がふえることが何よりうれしい」という人柄です。

著者は、本書のなかで孫娘クシュラにおける本と知能の発達のかかわりを詳細に述べ、七章では二点を強調しています。第一に、子どもはピアジェらの理論にあるように経験（行動）によって精神発達をとげるが、クシュラのように行動が制限されていても、他の経験、とくに読書が障害の代償手段となり得る。第二に、本は乳幼児の言語発達を促《うなが》し、幼い魂と外界との幸せな関係を築く力をもつ。けれども幼い子は自分で本を手にできないため、本にふれさせてくれる大人が絶対に必要であり、大人は子どもと本をつなぐ輪でなくてはならないということです。

つぎにカレカレにヨーマン一家を訪ねた日のことと、十歳のクシュラ像をお伝えしましょう。

クシュラのお母さんのパトリシアと私は、オークランド市内の彼女の会社で、退社時間に会い、カレカレまで山道を越えて一時間のドライブをしました。パトリシアは、現在は会社のプロダクト・マネージャーですが、管理職というイメージからはほど遠い若さです。

「働くのは収入のため」と、パトリシアはキャリアウーマンになった理由をいいました。「でもスティーヴン（夫）と争ったんですよ。どっちも家に残りたかったから。私は、陶器の仕事がいやになったらすぐ外へ勤めに出てください、ってスティーヴンを毎日おどかしてるんです。朝から晩まで家で娘たちといっしょにいられるスティーヴンがうらやましい。」

このあとパトリシアは、読書と同じように大切な問題――クシュラの学校教育について話してくれました。

クシュラが六歳になったとき、カレカレには小学校がありませんでした。遠い小学校へバス通学するのはとても無理ですが、両親ともクシュラには学校友だちと集団教育の経験が絶対必要だと思いました。そこでパトリシアたちは、ニュージーランドじゅうの障害児をもつ親に、カレカレへ引っ越してきませんか、とよびかけました。その結果六家族が越してきて、在校生六人のローン・カウリー（一本松）小学校が誕生しました。パトリシアは政府に働きかけて、六人のめんどうをみる補助教官の予算も獲得しました。児童の給食とか校舎（納屋）の掃除は親がかわるがわるしています。このように社会とつねにかかわりつつ生きる姿勢を保つことが、障害児である娘の自立にそなえる第一歩だとパトリシアはいいました。

やがて車は山を下り、入江に近い丘のふもとでとまりました。山側に一軒新しい家が建ち、広い前庭をはさんで道路ぎわにもう一軒、建築中の家がありました。完成したのがドロシー・バトラーさんの家で、建てかけのがヨーマン家です。

新しい家には、バトラーさんとクシュラとサンチアが待っていてくれました。

「ユリコ!」バトラーさんから名前を聞いていたのでしょう。クシュラはいきなりとびついてきて、私の両頰《りょうほお》に何度も何度もキスをし、歓迎のあいさつを述べてくれました。もうすぐ十歳になるクシュラは、青いドレス、金髪に赤いリボンを結び、背の高さ一五〇センチぐらい、ふっくらとしていて、力も強く、チビでヤセの私は思わずよろけてしまいました。

クシュラは利発なだけでなく、ほんとうに明るく、愛らしい少女です。体全体に生気がみなぎり、はずむようで、一言一言には抑揚があって、感受性豊かです。もう大人の雑誌も読むし、政治問題に関する自分の意見もはっきり述べますが、その動機は、みんなと話をする楽しさにあるようでした。

私が訪問した一晩に、バトラーさんはクシュラに五冊も本を読み聞かせました。クシュラにとって、本は空気と同じで、なくてはならないもののようです。そして隣にはいつも、バトラーさんの形容そのままにマドンナの美しさをたたえた小さな妹サンチアがいました。七歳半にしては小柄ですが、やはり本好きのかしこい少女です。

私はおみやげに持ってきた折り紙を二人にわたしました。いちばんやさしい「家」を教えると、サンチアはすいすいと器用に折りました。クシュラもとても熱心に一生懸命折りました。つぎは何にしようかな、と私が折り紙の本をめくっていたときです。横からさっと手がのびて、クシュラが本を持っていきました。日本語の文字や折り方の図をしげしげと見ています。それはバトラーさんが描いた「クシュラの調べ方」

そのものです。

パトリシアが、「母は、こんなところでは失礼だから、オークランドであなたとクシュラを会わせよう、といったんですよ。でもわたしは、ここを知っていたほうが翻訳しやすいだろうと思ったの。だいいち、きたないなんて、ちっとも失礼なことではないわ」と笑いながら、スティーヴンといっしょに、大工道具や移してきた荷物の散らかっている家じゅうを見せてくれました。

スティーヴンは一日じゅう家にいて、娘たちの良い父親、家を建てる大工、本職の陶工、そして家政夫と四役をこなしています。陽気で大らかで、娘たちを見て目を細めるやさしい男性です。日本の陶器にくわしく、具体的に名前をあげ、専門的な質問をされてしまいました。パトリシアも、「夫の新しい技術は、日本でもマスターしてる陶工は少ないのよ」と誇らしげでした。

この家はスティーヴンがほとんど一人で建てているそうで、「だから、こんどいらっしゃっても、きっとこのままで進歩していないでしょう」と冗談をとばします。

カレカレでのヨーマン一家。左からパトリシア、クシュラ、スティーヴン、サンチア。1984年1月、クシュラ12歳。

父親に「バレエを踊ってごらん」といわれて、クシュラは、何も家具をおいてない広い部屋を、走ったりはねたりしながら踊りまわりました。「パラリンピックに出たのよ」とクシュラがいうと、パトリシアも、「優勝したんですよ」とうれしそうでした。スティーヴンも、娘はもう十五センチもジャンプができるようになったといいます。

サンチアは実にしずかな少女です。バトラーさんは、「子どもどうしのけんかで、クシュラが『ハンディキャップト!』とからかわれることもあります。そんなときかならず妹のサンチアが出ていって、『そうよ、クシュラはハンディキャップトよ。でも、ほんのちょっぴりだけだわ』といいかえすんです」といいました。そして「あなたは、わが家の星ね」と、サンチアを抱きしめました。

バトラーさんがカレカレに家を新築したのは、これから中学生になるクシュラの個人教育に週三日専念するためだそうです。そして残りの三日はオークランドで、書店や編集、評論の仕事と読書教育に費《つい》やします。

食事のあとパトリシアは、「わたしがいちばん好きなもの」を見に行こうと、丘の上へさそいました。それは、夕陽を浮かべたタスマン海でした。母親と私に手をつながれて、クシュラもまばたきしながら、真紅に燃える海原と私たちの顔を見くらべていました。

最後に、バトラーさんの手紙から、日本の読者に寄せられた二つのメッセージを記したいと思います。

本書の翻訳出版が決まったときのバトラーさんの手紙には、「このような地味でかたい本を読んで私の考えに賛同し、かつ編集の労をとられる出版人に、心から感謝するとともに非常に光栄に思っていると、礒野誠子さんと恵良恭子さんにお伝えください。そして、子どもたちをすばらしい本の世界にいざない、健やかな未来を贈る大人が一人でもふえるように願っています」とありました。

また、一九八四年一月の手紙には、十二歳になったばかりのクシュラのようすが書かれていて、訳書のどこかに入れてくださいとのことでした。

「クシュラは、あいかわらず読書好きです。勉強は、数学が得意。手先を使うのが不自由なため、筆記は苦手でしたが、それもこのごろは数学同様めざましく進歩しました。

最近読んだ本でとくに気に入っているのは、つぎの三冊です。バーバラ・ロビンソン作『なるほどクリスマス降誕劇』(*The Best Christmas Pageant Ever*)(たかはしえいこ訳　すぐ書房刊)、モニク・ドラーデバト作『眠った村』(*The Village that Slept*)、エルシー・ロック作『がんばりかあさんと6人の子どもたち』(*The Runaway Settlers*)。(最後のはニュージーランド開拓地を舞台にした、原書で二百ページもある長編小説です。百々佑利子訳　ポプラ社刊)

また幼いころから親しんでいた絵本、とくに妖精が出てくる昔話や詩はいまでもお気に入りです。記憶力は抜群で、しじゅう暗唱をします。

近ごろはめがねをかけるようになり、両耳とも補聴器を使用しています。歯並びが悪く矯正では間にあわないため、近く手術を受ける予定です。」

訳出にあたり、著者の希望および了解のもとに原著の訂正、加筆の個所があることをお断わりしておきます。

なお、本文中、光吉夏弥先生、渡辺茂男先生の訳を参考にさせていただき、石井桃子先生、神宮輝夫先生の訳を拝借させていただきましたことに厚く御礼申し上げます。

筑波大学医学部小児科滝田齊教授、松平小児科病院松平隆光院長、石井桃子先生、Mr. Lloyd Hobbs にご教示をたまわり、また多くの先輩友人のみなさまにご協力いただきましたことに深く感謝いたします。

一九八四年三月

訳者あとがきⅡ

その後のクシュラとバトラーさん

百々佑利子

『クシュラの奇跡―一四〇冊の絵本との日々』を訳出してから二十二年の歳月が流れ、このたび普及版が出版されることになりました。最初の邦訳書が出るまでにも、多方面の方々のご教示とご助言をいただきました。そしてこの二十二年の間、子どもの成長と子どもの本に関心をおもちの方々をはじめ、多くの読者のみなさまに本を読んでいただきました。このことにまず厚くお礼を申しあげます。

著者ドロシー・バトラーさん、そしてお孫さんのクシュラ・ヨーマンさんのことについては、本文や先のあとがきにあるとおりですが、ここに少し補足をします。

バトラーさんは、児童書専門店を経営し、妻として母として家計をささえながら、本に興味を示さない子どもたちに本との出会いの場をつくり、さらにその活動をたしかにするために、大学で教育学を学びなおしました。そして、初孫クシュラが知的な発達をのぞむことは無理な状態であるという診断を下されたとき、現実に果敢に立ち向かう若い父母の姿勢を理解し積極的にサポートした祖母でもあります。

バトラーさんは大学で「障害児の成長と本」のテーマで、クシュラの事例をもとに論文を書きました。

執筆中に、確認したいことがあって、当時子どもの読書と本について著述活動をしていたイギリスのナンシー・チェンバーズさんと連絡をとりました。できあがった論文を読んだナンシーは、編集者の夫に出版をすすめました。その夫はのちに作家となり、国際アンデルセン賞作家賞を受賞しました。ヤング・アダルト文学の意欲的な書き手であるエイダン・チェンバーズ氏です。

『クシュラの奇跡』は論文をそのまま本にしたものですが、イギリスでエリナー・ファージョン賞を受賞しました。本を読んだある編集者は、「困難をかかえているクシュラの言語獲得がほんものだったら、すばらしいことだ」と思いました。そしてバトラーさんに、そしてできればクシュラに会いたいと、ニュージーランドへ飛んだのです。ふたりに会い、バトラーさんの信念に深く共感した編集者は、帰国便に搭乗する直前に空港から電話をかけて、「いままで読書教育の対象とされていなかった赤ちゃんを本に親しませるための、親向けのガイドブックを出しましょう」とバトラーさんに提案しました。それ以来バトラー一家と大の親友となったこの名編集者は、『ビアトリクス・ポター 描き、語り、田園をいつくしんだ人』(吉田新一訳 福音館書店)を著し、「ビアトリクス・ポター協会会長」をつとめたジュディ・テイラーさんです。

テイラーさんによれば、イギリスで始まったブックスタートの精神をささえているのは、あのとき空港でひらめいたアイディアが本になった『赤ちゃんの本棚』(*Babies Need Books*)だそうです。原著のタイトルは、直訳すれば「赤ちゃんは本を必要としている」という強いもので、ゼロ歳児から六歳児までの読書について書かれています。その続きといいますか、小学校一年生から三年生ぐらいまでの児童の発達と読書についての本『5歳から8歳まで』(*Five to Eight*)も書かれました。ではそれから先は? という質問を読者からいただきます。乳児のときから八歳まで、「おもしろいストーリー、よい言葉と美しい絵」の本に親しんで育った子どもならば、もう本人を信頼してまかせてあげてはどうでしょう、というのが、バトラーさんの考えのようです。むしろこの頃から、本を読みなさい、勉強しなさい、という親の干渉が始まったりします。育ち方にもとうぜん個人差はあり、こうでなければいけない、ということはいえませんが、幼いときに本の魅力をたっぷり味わうことが、子どもの言語の発達に貢献する、本をよい友として人生を歩んでいくことができる、というのがバトラーさんの信条です。孫のクシュラは非常に個性的な子どもではありましたが、その発育ぶりはバトラーさんの信念をさらに強固にしたのでした。

さて、昨年八十歳のお誕生日を祝ったバトラーさん、そして一九七一年生まれで三十四歳になったクシュラ、それに妹のサンチアは、今どうしているでしょうか。

つい三週間ほど前の十二月二十五日に、最新のニュースを聞こうと、カレカレの自宅にいるバトラーさんに電話をしました。すると、「日本は知らないけど、ここニュージーランドは、今日はクリスマス！ファミリーがみな集まるから、準備にいそがしいの！」といわれました。とても大きな声で、大家族の長老としての責任を果たすいきごみが伝わってきました。

それからしばらくして、くわしく近況を知らせてくれました。

「クシュラはとても元気です。カレカレでクリスマス休暇を楽しみました。近くに住むクシュラの叔母《おば》

クシュラとバトラーさん
2005年のクリスマス　カレカレの自宅にて

ヴィヴィアンの家に滞在し、毎日私の家にも来てくれました。私の八十歳の誕生日パーティにも来たし、家族が集まるとき、クシュラはいつもいっしょです。

障害をもつ人々に海外旅行をすすめる政府の制度を利用して、いままでにもロスのディズニーランドや南太平洋を訪れましたが、去年はオーストラリアに旅行をして、とても楽しかったといっています。旅行にはいつも父親がつきそいます。サンチアが同行したこともありました。

クシュラはいま、国が用意したコミュニティ・ハウス（共同住居）に住んでいます。最初は、海辺にあるハウスにいました。最近、父親の手配でノースショアのハウスに移りました。これで、父親、妹のサンチアとデイヴィッド夫婦とその子どもたち（クシュラの甥《おい》と姪《めい》）に会いたくなれば、いつでも訪問することができるようになりました。コミュニティ・ハウスは町中のふつうの一軒家で、クシュラと三人の女性が住んでいます。ほかに、入居者のいっさいの面倒をみるスーパーバイザーと、家事の世話などをするヘルパーがいます。四名の入居者はそれぞれ自分の寝室に好きな家具などの私物をそなえて暮らしています。クシュラは誰よりも有能で、ほとんど人手を借りないで日々をすごすことができます。通信教育（ラジオ）の勉強のほかに、毎日小説や雑誌を読んでいますが、絵本はいまでも大好きです。近年は、大人向けの絵本が多く出版されていて、それらもクシュラのお気に入りです。親や妹の家に遊びに行ったり、電話でじゅうおしゃべりしたりしています。とても明るく朗らかで、機嫌のよい性格、何よりもユーモアのセンスは抜群です。」

自助と自立の日々をすごすクシュラにくらべて、バトラーさんのほうは年齢をひしひしと感じているようです。

前から右の聴力が弱く（日本の講演会ではバトラーさんの指示により私が上座（？）に座り、ひんしゅくを買ったのですが）、最近は左の目が見えにくく手術も受けました。ですから右目だけをつかって本を読んでいます。図書館から活字の大きな本を借りてみたところ、小説や伝記やノンフィクションの分野のすぐれた図書がそなわっていることがわかりました。そのほかに、視力の弱い人のためのニュージーランド基金から、オーディオ・ブックスをもらったところ、ディケンズもジャネット・フレイム（ニュージーランドの小説家）もマーガレット・マーヒーもありの幅広いセレクションですっかりうれしくなった、とのことです。

八十歳とはいえ、このように読書の意欲はおとろえず、というより創作意欲も盛んで、開拓時代の少年デイヴィとあひるの交歓をテーマにした絵本 *"Davy's Ducks A tale of Old New Zealand"*（デイヴィのあひる）のテクストを完成したばかりだそうです。二〇〇六年の半ばには出版されます。

バトラーさんは一九九九年に自伝 *“There was a time”*（いつのことだか）を出版しました。わんぱくな子どもたちが日がな一日、創意工夫をこらして遊びまわった時代、本を買ったり借りたりできなかった時代に、友だちをそそのかして読みたい本を手にいれたたくましい少女時代についてつづっています。そして現在は、その続編を執筆中ということです。続編には、読書教育家としての活動の日々について、日本への講演旅行などについて書かれるかもしれません。

バトラーさんは、一九九三年に、「児童文学と子どもの読書の発展」への貢献をたたえられ、エリザベス女王よりOBE（大英帝国四等勲士）を授けられました。私は何度もニュージーランドへ行きましたが、勲章（の形があるとして）を見せてくれたことはありません。自宅には日本の読者や知人から贈られた本や人形や壁掛けなどが飾られています。

二〇〇一年には、母校から「オークランド大学卒業生栄誉賞DAA」を授けられました。その表彰状には「本を読む人、書く人、売る人、愛する人」であるドロシー・バトラーは、本の本質について、本の可能性について、そして人間の本質について、人間の可能性について、を大人と子どもに示しつづけてきた、と書かれています。とてもうれしかった受賞のようです。

しかしバトラーさんにとっての勲章は、何よりも、大家族でしょう。まあ聞いて、といわれるたびにその数が増えているのですが、お孫さんは二十五人！　になりました。

「私の（子どもは八人ですが）孫は、目下二十五人です。男の孫十二人、女の孫十三人。曾孫《ひまご》は三人います。曾孫は、まずヒクランギ七歳、これはクリスティンの娘マリアの息子です。それからクシュラの妹サンチアに、イーサン・パトリック二歳、ホーリー・ジェイン一歳がいます。

みなかわいい孫たちと曾孫たちで、私に大きなよろこびを与えてくれます。ロイは、イーサンを腕に抱いた二週間後に亡くなりました。」

ドロシーの夫ロイさんは、長いあいだ病床にあったのですが、いつも気丈に家族の中心でありつづけました。半身が不自由なのに、女性の椅子《いす》を引いてすわらせる、食事の飲みものを用意するという古典的な英国紳士でした。私が最後にお会いしたのは二〇〇二年十二月末、『赤ちゃんの本棚』をとどけたときでした。邦訳書にある児童書の写真を見ながら、「うちの子どもたちに、これも読んだ、あれも読んだね」となつかしそうにページをめくっていました。

クシュラにとって、クシュラを愛する身内の人々にとって、クシュラの障害は試練といえばいえるけれども、いつも希望をつなぎつづけることができるという意味では耐えられる試練でした。しかしクシュラが生まれたときにまだ二十歳だった若い母親パトリシアが、四十代半ばで急死したとき、それはとりもどせない損失として、この一家に大きな打撃と深い悲しみをあたえました。

パトリシアは、本書に記されているように、短命をほのめかされたわが子の成長を疑うようすはまったく見せませんでした。子育てはどんな親子にとっても大事業ですが、パトリシアの場合は壮絶な日課の連続でした。その両腕にはいつもふにゃふにゃの赤んぼうのクシュラと絵本を抱きかかえていました。そうして、ひとつのゆかいな物語を読むだけでも、ひとつのすぐれた絵を見るだけでも、生きることが価値ある証《あかし》だとわかるでしょ、とわが子に語りつづけてきたのです。クシュラの発達のようすを、時に一〇分おきにメモしました。それは科学的、医学的にクシュラがりっぱに生きて成長していることを示す客観的な証拠でしたが、どうじに、パトリシアが、クシュラの無限の可能性を自分自身に説得する証拠であったとも思います。

いつ会っても朗らかであるだけでなく、強くはげしく主張する女性でした。ニュージーランドの首相に小学校の分校設立を直訴したり、コミュニティ・ハウスの改善を要求したり、たたかう母親でした。クシュラは海辺のハウスにいたのですが、母親のほうは、オークランド市のハウスのボランティアとして働いていました。とくに市に要求を申し入れるときは、ボランティアの女性四人で乗りこむので、「あの四人組」と役所はこわがっているのよと、豪快に笑っていました。

クシュラを自宅におかないで、公的援助のもと障害者どうしの共同生活をさせると決めたのも母親でした。自分の翼の下にクシュラを永遠に保護しているわけにはいかないと考え、自立させたのでした。母娘は姉妹のように、ぴったり寄り添って四半世紀をともに生きてきましたから、はじめのうち、クシュラはとても母が恋しかったようです。しかしそこは気丈なバトラー一族の一員で、クシュラは母親の言葉によればいつしか「ハウスのボス」になりました。母親に会うためには海辺の住まいからバスに乗って一時間かかりましたが、そういうことも、クシュラを社会になじませるのに役立ったのでした。

緊張と心痛を表に出すことなくたたかっていた母親でしたが、脳の血管が切れて一夜で亡くなったとき、まわりの人々は、パトリシアが人間の許容力を超える努力の人だったことをはじめて認識したのでした。葬儀委員長は、コミュニティ・ハウスのボランティア団体の全国委員長で、バトラーさんも挨拶《あいさつ》をしました。何ごとにもめげないバトラーさんの、悲しみにあふれる声を聞いたのは、後にも先にもパトリシアの死去を電話で告げられたときだけです。

みなが何よりも心配したのはもちろんクシュラのことでした。しかしクシュラのほうは逆に、家族を気づかっていました。クシュラからは「祖母をはじめ家族のみなが心から愛し尊敬していたママがいなくなって大丈夫かと心配でした、でもどうやら乗り越えたみたいですよ」という手紙をもらいました。

初孫となるサンチアの息子を、パトリシアは見ることができませんでした。サンチアは母親をしのび、息子にイーサン・パトリックと名づけました。ベビーが女の子だったら、パトリシアとなるはずでした。

最後に、オークランドで会ったときに聞いたパトリシアの言葉を紹介させてください。その数か月後に亡くなるなどと夢にも思わないで話をしていたのでしたが、とても印象的な言葉でした。

パトリシアはいいました。

「クシュラを見ていると、なんと礼儀正しく、品位のある若者に育ったのだろうと思う。」

この誇りに満ちた母の言葉、そして思いやりのあふれる娘の手紙には、子どもの発達や言語の獲得や本を読むことについて、世界中の親たちがなぜ真剣に考えるのか、その答えがあるように思います。

二〇〇六年一月

訳注

11 **ノース・ショア・ペアレンツ・センター** オークランド市ノース・ショア地区父母学級。同時期に出産予定の夫婦十組ごとに小さなグループを作り、出産、育児の指導を行う。子どもたちが同年齢となるため、家族ぐるみの長い交際が続いていく。著者はセンターの講師を長くつとめ、幼児期の読書を指導していた。

21 **ゲゼル発達検査** アメリカの心理学者でゲゼル発達研究所所長のアーノルド・ゲゼル（1880～1961）らが考案した。独自のテスト用具を使って幼児の精神発達段階を調べる。運動能力、適応行動、言語発達、他人との関係のつくり方などが測定される。

29 **マオリ** ニュージーランドの先住民。ポリネシア系。

31 **ディック・ブルーナ** Dick Bruna（1927～） オランダの絵本作家、デザイナー。単純で調和のとれた構図と明快な色彩の絵本は、子どもがはじめてであう絵本として世界各国で出版されている。『ちいさなうさこちゃん』『こねこのねる』他多数。

41 **ビル・マーチン** Bill Martin, Jr.（1916～2004） アメリカの教育界で活躍。主に幼児・児童の読書指導をする教員の教育に尽力。著書に『ことばのひびき』がある。

43 **ブラウン** Roger William Brown（1925～1997） アメリカの心理学者。ハーバード大学社会心理学教授をつとめた。著書に『ことばともの』等。

45 **ロイス・レンスキー**　Lois Lenski（1893～1974）　アメリカの絵本作家。少女時代を過ごしたオハイオ州の町並とゆったりした生活が、その後の子どもの本の仕事に大きな影響をのこした。『スモールさん』シリーズは知識絵本の古典的作品である。

48 **トーマス&ワンダ・ツァハリアス**　Zacharias, Thomas（1930～）, Wanda（1931～）　ともにドイツ生まれ。トーマスが文、ワンダが挿絵を描き、共同で作品を発表している。

49 **デンヴァー発達スクリーニングテスト**　アメリカ、デンヴァー州の多数の子どもたちをサンプルとして標準値を出した、精神心理的および行動発達を調べる検査。ボールや積み木等の検査用具を使って、個人的、社会的、微細運動適応、言語、粗大運動の面で、六歳までの子どもの発達状態を検定する。

67 **ペッペ**　Rodney Peppé（1934～）　イギリスの絵本作家。マザーグースを題材にした多くの作品を手がけている。

67 **ジーン・ジオン**　Eugene Zion（1913～1975）　アメリカの絵本作家。編集者、広告デザイナーを経てフリーのライターとなる。妻マーガレット・ブロイ・グレアムと共作の児童書が十数冊ある。『どろんこハリー』『うみべのハリー』『ハリーのセーター』他。

67 **ジョン・バーニンガム**　John Burningham（1936～）　イギリスの絵本作家、デザイナー。作品はオペラ化されたり人形劇にもなっている。『ガンピーさんのふなあそび』で一九七〇年グリーナウェイ賞を受賞。『はるなつあきふゆ』『ねえ、どれがいい?』等。

67 **ビアトリクス・ポター**　Helen Beatrix Potter（1866～1943）　イギリスの絵本作家。勉強は家で家庭教師につき、絵は独学。ヴィクトリア風の厳格なしつけを受けて育つ。『ピーターラビットのおはなし』は、ポターが愛した田園の動物を、美しい水彩画で描いた作品である。

67 **E・H・ミナリック**　Else Holmelund Minarik（1920～）　作家。デンマークに生まれ、四歳のときにアメリカへ移住。教師をしているときに自分で本を作り、一年生のクラスの本不足を補ったのが作家としてのはじまりである。『こぐまのくまくん』シリーズ他多数。

67 **モーリス・センダック** Maurice Sendak（1928～） アメリカの絵本作家。自らの内面世界に深く関わりながら、多くのすぐれた絵本をうみだしている。『かいじゅうたちのいるところ』は一九六四年にコールデコット賞を、一九七〇年に国際アンデルセン賞の画家賞を受賞。

70 **A・A・ミルン** Alan Alexander Milne（1882～1956） イギリスの作家、詩人、エッセイスト、戯曲家。一人息子クリストファー・ロビンのために書いた『クマのプーさん』『プー横丁にたった家』は、世界中の子どもたちに愛されてきた児童文学の古典である。

70 **アーネスト・シェパード** Ernest H. Shepard（1879～1976） イギリスの画家。ミルンとのコンビで描いた『クマのプーさん』の絵で挿絵画家としての地位を確立した。

71 **マリー・ホール・エッツ** Marie Hall Ets（1895～1984） アメリカの絵本作家。子ども時代を過ごしたウィスコンシン州の森で動物と親しんだ体験が、その後の創作活動の大きな力となっている。『わたしとあそんで』で一九五六年にアンデルセン賞名誉ブック賞を、『セシのポサダの日』で一九六〇年にコールデコット賞を受賞。『もりのなか』『またもりへ』他多数。

71 **ペトロネラ・ブラインバーグ** Petronella Breinburg（1927～） 作家。南アメリカのスリナムに生まれ、現在はロンドン在住。

73 **エリック・カール** Eric Carle（1929～） アメリカの絵本作家、デザイナー。ニューヨークに生まれ、その後西ドイツに移住。シュトゥットガルトの造形美術大学に学び、現在はアメリカ在住。『1・2・3どうぶつえんへ』は一九六八年ボローニアでグラフィック大賞を受賞。

78 **リア** Edward Lear（1812～1888） イギリスの作家、画家、詩人。十五歳から画家として動物画、風景画などを描きはじめる。リメリックという五行俗謡の形をとった『Book of Nonsense』は、イギリス文学史上の古典となっている。

85 **マーガレット・ワイズ・ブラウン**　Margaret Wise Brown（1910～1952）　アメリカの作家。作品は百冊以上におよび、『The Little Island』は一九四七年コールデコット賞を受賞。『まんげつのよるまでまちなさい』『さんびきのちいさいどうぶつ』等。

85 **チヨコ・ナカタニ**　中谷千代子（1930～1981）　画家、絵本作家。東京芸術大学油絵科卒。感受性豊かな愛情にあふれた絵で、『かばくん』『かばくんのふね』（岸田衿子文）等すぐれた絵本の仕事をした。一九六八年アメリカのスプリングフェスティバル賞を受賞。

85 **アリキ**　Aliki Liacouras Brandenberg（1929～）　アメリカの絵本作家。現在はロンドン在住。夫フランツも作家として活躍している。『おじいちゃんといっしょに』『おばあちゃんのたんじょうび』（フランツ文）等。

85 **アン・ウッド**　Anne Wood　イギリスに生まれる。教師、司書を経て、「児童図書協会連盟」（National Federation of Books for Children Groups）を創設し、一九六九年にエリナー・ファージョン賞を受賞。季刊誌『Books for Your Children』の発行者でもある。

93 **ジュディス・カー**　Judith Kerr（1923～）　絵本作家。ベルリンに生まれ、その後アメリカへ移住。ナチドイツから逃れた体験を作品に反映したものが多く、『ヒトラーにぬすまれたももいろうさぎ』で一九七四年ドイツ児童図書賞を受賞。

98 **『やぎのブッキラボー3きょうだい』**　この北欧の民話をもとにした絵本は数多い。日本では他に、マーシャ・ブラウン絵の版が『三びきのやぎのがらがらどん』の題名で、一九六五年に出版（瀬田貞二訳　福音館書店）されている。

98 **ポール・ガルドン**　Paul Galdone（1914～1986）　絵本作家。ブダペストに生まれ、同年アメリカへ移住。高校を卒業後、さまざまな職業を経て美術学校に通いはじめた。昔話に題材をとった絵本の仕事が多く、『赤ずきんちゃん』『しょうがパンぼうや』等多数。

101 **グニラ・ヴルデ** Gunilla Wolde（1939〜） スウェーデンの絵本作家。新聞や雑誌の諷刺漫画家として活躍したのち絵本作家となり、「トッテ」シリーズと「エマ」シリーズは世界二十数か国で出版されている。

101 **ハンス・ペテルソン** Hans Peterson（1922〜） スウェーデンの作家。『マグヌスと馬のマリー』で一九五八年にニルス・ホルゲッソン賞を、『マグヌスと子りす』で一九五九年にドイツ児童図書賞を受賞。

108 **バーバラ・アイアスン** Barbara Ireson（1927〜） イギリスの作家。ノッティンガム大学卒。小学生向きの詩集を編んでいる。

109 **イヴ・メリアム** Eve Merriam（1916〜1992） アメリカの詩人。コーネル大学卒。一九五七年ウィリアム・ニューマン詩人賞を受賞。

110 **キャロル** John Bissell Carroll（1916〜2003） アメリカの言語学者、言語心理学の研究者。ハーバード大学教授をつとめた。著書に『言語と思考』等。

152 **イヴ・サットン** Evelyn Mary Sutton（1906〜1992） イギリスの作家。『My Cat Likes to Hide in Boxes』で一九七五年にエスター・グレン賞を受賞。

153 **ジャック・ケント** Jack Kent（1920〜） アメリカの絵本作家。『Mr. Meebles』で一九七一年にシカゴ・ブッククリニック賞を受賞。

154 **ヘレン・パーマー** Helen Palmer（1898〜1967） アメリカの編集者、作家。著書に『I was kissed by a Seal at the Zoo』等。

156 **グリム（兄弟）** Grimm, Jacob（1785〜1863）, Wilhelm（1786〜1859） ともにドイツ生まれ。口伝えの昔話を集めて『Kinder-und Haus-märchen』（初版一八一二年）を出版。世界における民俗学研究の開拓者であり、また『Deutsches Wörterbuch』の編さんをはじめたことでも名高い。

156 **カトリーン・ブラント**　Katrin Brandt（1942〜）　ドイツの画家。処女作グリムの『こびととくつや』が、一九六七年ボローニアのブックフェアで一位となる。スイスのもっとも美しい本の賞、ドイツ児童図書賞なども受賞している。

157 **カイ・ベックマン**　Kaj Beckman（1913〜2002）　スウェーデンの絵本作家。美術アカデミー卒。子どもの日常生活を扱った作品が多い。

159 **ワンダ・ガアグ**　Wanda Hazel Gág（1893〜1946）　アメリカの絵本作家。十代から挿絵の仕事をはじめ、かずかずのすぐれた絵本を作った。『100まんびきのねこ』は最初の絵本である。『へんなどうつぶ』『すにっぴいとすなっぴい』等。

161 **アリス・ダルグリーシュ**　Alice Dalgliesh（1893〜1979）　アメリカの作家、編集者。アメリカ児童書協会初代会長。

161 **アニタ・ローベル**　Anita Lobel（1934〜）　絵本作家。ポーランドに生まれ、二十一歳でアメリカへ移住。絵本作家のアーノルド・ローベル（1933〜1987）との共作の仕事に『りんごのきにぶたがなったら』等がある。

163 **レイモンド・ブリッグズ**　Raymond Briggs（1934〜）　イギリスの絵本作家。昔話やマザーグースに題材をとった多くの絵本を作っている。『Mother Goose Treasury』で一九六六年に、『さむがりやのサンタ』で一九七四年にグリーナウェイ賞を受賞。

164 **ローズ夫妻**　Rose, Elizabeth（1933〜）, Gerald（1935〜）　エリザベスはイギリス生まれ。ジェラルドは香港生まれ。妻の物語に夫が挿絵を描く仕事が多く、『Old Winkle and the Seagulls』で、一九六一年にグリーナウェイ賞を受賞。

167 **スタンフォード－ビネー式知能検査**　一二九の問題で構成され、二歳から大人までを対象とする知能検査。L型とM型がある。日本の田中－ビネー式知能検査法、武政－ビネー式知能検査法は、この検査を基礎にしている。

173 **ピアジェ** Jean Piaget（1896〜1980） スイスの生物学者、心理学者。ジュネーヴ大学、パリ大学、ローザンヌ大学教授ののち、発生認識学国際センター会長をつとめ、発生的認識論の学派を築いた。著書に『発生的心理学、子どもの発達の条件』他多数。

173 **インヘルダー** Bärbel Inhelder（1913〜1997） スイスの心理学者。ピアジェの共同研究者で、ジュネーヴ大学教授をつとめた。『記憶と知能』（ピアジェ、インヘルダー共著）等。

179 **ブルーナー** Jerome Seymour Bruner（1915〜） アメリカの心理学者。オックスフォード大学教授もつとめた。著書に『幼児の認知成長過程』等。

180 **ウィトキン** Herman A. Witkin（1916〜1979） アメリカの心理学者。ニューヨーク州立大学教授ののち、プリンストンの心理発達研究所につとめた。

180 **ヴィゴツキー** Lev Semenovich Vygotsky（1896〜1934） ソ連の心理学者。現代ソビエト心理学の基礎を築き、思考と言語の研究で有名。著書に『思考と言語』等。

184 **ロバート・マックロスキー** Robert McCloskey（1914〜2003） アメリカの絵本作家。ボストンの美術学校に学んだのち、ニューヨークで商業デザインを学び、絵本の創作をはじめた。『かもさんおとおり』と『すばらしいとき』でコールデコット賞を受賞。

186 **ルリア** Alexander Romanovich Luria（1902〜1977） ソ連の心理学者、医師、神経病理学者。脳損傷と精神遅滞に関する著作が三百冊以上ある。著書に『言語と精神発達』（ユードヴィチ共著）等。

205 **クライデ・ワトソン** Clyde Watson（1947〜） アメリカの作家。挿絵はおもに姉のウェンディが描いている。『Father Fox's Pennyrhymes』は一九七一年ナショナル・ブック賞候補となった。

205 **ホフマン** Felix Hoffman（1911〜1975） スイスの絵本作家。木版画、石版画、壁画などの仕事も手がけた。『おおかみと七ひきのこやぎ』でドイツの年間児童図書優秀賞を受賞。『ねむりひめ』等グリム童話を題材にしたものが多い。

208 **ハインズ** Paul Heins（1909〜1996）アメリカの編集者、作家。ハーバード大学卒。コールデコット賞、アンデルセン賞の選考委員でもあった。

208 **ハイマン** Trina Schart Hyman（1939〜2004）アメリカの画家。フィラデルフィア、ボストン、スウェーデンなどで絵を学んだ。

209 **ジャレル** Randall Jarrell（1914〜1965）アメリカの文芸評論家、詩人。

209 **バーカート** Nancy Ekholm Burkert（1933〜）アメリカの画家。ウィスコンシン大学卒。動物のいる世界を幻想的なタッチで描いた絵本が多い。『白雪姫と七人の小人たち』は一九七三年コールデコット賞のオナーブックに選ばれている。

日本で出版された本

（本文でとりあげられたもので、2006年3月現在入手可能なもの）

第二章

『ABCってなあに』
ディック・ブルーナ 作　小林悦子 監修
（講談社）

『じのないえほん』
ディック・ブルーナ え
（福音館書店）

『かぞえてみよう』
ディック・ブルーナ さく　ふなざきやすこ ぶん
（講談社）

『あかいくるまのついたはこ』
モウドとミスカ・ピーターシャム さく
わたなべしげお やく
（童話館出版）

第三章

『くまさんくまさん なにみてるの？』
エリック・カール え　ビル・マーチン ぶん
偕成社編集部 訳
（偕成社）

『スモールさんはおとうさん』
ロイス・レンスキー ぶん・え　わたなべしげお やく
（童話館出版）

第四章

『こいぬのくんくん』
ディック・ブルーナ ぶん・え　松岡享子 やく
（福音館書店）

『スモールさんののうじょう』
ロイス・レンスキー ぶん・え
わたなべしげお やく
（福音館書店）

『どろんこハリー』
ジーン・ジオン ぶん
マーガレット・ブロイ・グレアム え
わたなべしげお やく
（福音館書店）

『ピーターラビットのおはなし』
『こわいわるいうさぎのおはなし』
『こねこのトムのおはなし』
ビアトリクス・ポター さく・え　いしいももこ やく
（福音館書店）

『ガンピーさんのふなあそび』
ジョン・バーニンガム さく　みつよしなつや やく
（ほるぷ出版）

『こぐまのくまくん』
E. H. ミナリック ぶん　モーリス・センダック え
まつおかきょうこ やく
（福音館書店）

『クリストファー・ロビンのうた』
A. A. ミルン　E. H. シェパード 絵
小田島雄志・小田島若子 訳
（晶文社）

『わたしとあそんで』
マリー・ホール・エッツ ぶん・え　よだじゅんいち やく
（福音館書店）

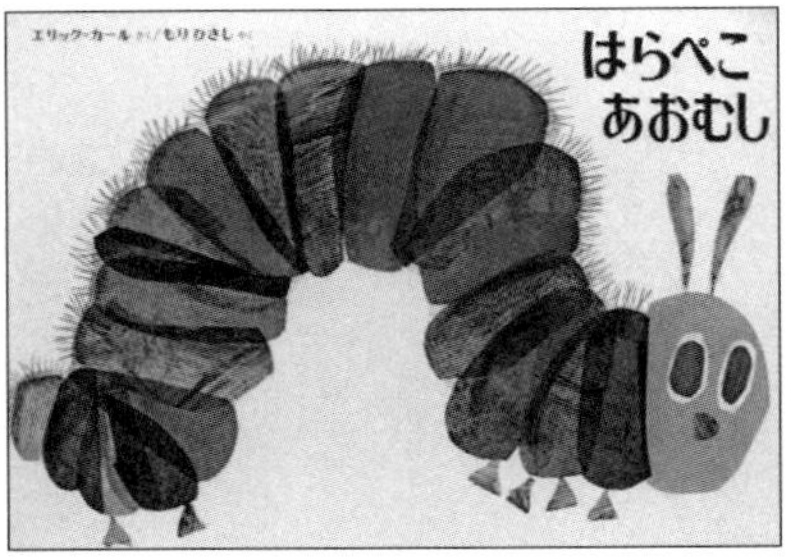

『はらぺこあおむし』
エリック・カール さく
もりひさし やく
（偕成社）

第五章

『クリスマスってなあに』
ディック・ブルーナ 作
ふなざきやすこ 訳
（講談社）

『おちゃのじかんにきたとら』
ジュディス・カー 作　晴海耕平 訳
（童話館出版）

『ちびくろ・さんぼ』
ヘレン・バンナーマン 文　フランク・トビアス 絵
光吉夏弥 訳
（瑞雲舎）

『ガンピーさんのドライブ』
ジョン・バーニンガム さく　みつよしなつや やく
（ほるぷ出版）

『まりーちゃんのはる』
（表題　まりーちゃんとひつじ）
フランソワーズ 文・絵　与田準一 訳
(岩波書店)

『やぎのブッキラボー３きょうだい』
ポール・ガルドン 作　青山　南 訳
(小峰書店)

『３びきのくま』
ポール・ガルドン　ただひろみ 訳
(ほるぷ出版)

『くまくんのトロッコ』
ブライアン・ワイルドスミス さく・え
はぎようこ やく
(らくだ出版)

第六章

『ふとっちょねこ』
ジャック・ケント さく
まえざわあきえ やく
(朔北社)

『こびととくつや』
グリム兄弟の童話から
カトリーン・ブラント 絵
藤本朝巳 訳
(平凡社)

『あたし、ねむれないの』
カイ・ベックマン さく　ペール・ベックマン え
やまのうちきよこ やく
(偕成社)

『１００まんびきのねこ』
ワンダ・ガアグ ぶん・え
いしいももこ やく
（福音館書店）

『ちいさな木ぼりの
おひゃくしょうさん』
アリス・ダルグリーシュ ぶん
アニタ・ローベル え
星川菜津代 やく
（童話館出版）

『ちいさなちいさなえほんばこ』
モーリス・センダック さく
じんぐうてるお やく
（冨山房）

『かいじゅうたちのいるところ』
モーリス・センダック さく
じんぐうてるお やく
（冨山房）

『くまのコールテンくん』
ドン・フリーマン さく　まつおかきょうこ やく
（偕成社）

『うんがにおちたうし』
フィリス・クラシロフスキー 作
ピーター・スパイアー 絵
みなみもとちか 訳
（ポプラ社）

『風がふいたら』
パット・ハッチンス さく　田村隆一 やく
（評論社）

『まよなかのだいどころ』
モーリス・センダック さく　じんぐうてるお やく
（冨山房）

第七章

『かもさんおとおり』
ロバート・マックロスキー ぶん・え
わたなべしげお やく
(福音館書店)

後記

『おやゆびこぞう』
グリム童話　フェリックス・ホフマン え
大塚有三 やく
(ペンギン社)

『白雪姫と七人の小人たち』
グリム　ナンシー・エコーム・バーカート 画
八木田宜子 訳
(冨山房)

クシュラの奇跡

――140冊の絵本との日々（普及版）

2006年3月初版発行
2023年4月第9刷

著者　ドロシー・バトラー
訳者　百々佑利子
発行　のら書店
東京都千代田区九段南3-9-11-202
TEL 03-3261-2604　FAX 03-3261-6112
http://www.norashoten.co.jp
印刷　精興社
ISBN978-4-931129-09-2

N.D.C 909　270 p　19 cm

著者　ドロシー・バトラー（Dorothy Butler）
1925年ニュージーランド、オークランド市に生まれる。児童文学者として、また幼児期から生涯にわたる読書教育の第一人者として活躍中。四十歳まで専業主婦として八人の子どもを育て、のちに開いたドロシー・バトラー・ブックショップでは、読書障害児と未就学児の読書教育のためのセンターを設け、本の読み聞かせと母親の指導にあたった。長年にわたるこれらの活動と「クシュラの奇跡――140冊の絵本との日々」により、1980年エリナー・ファージョン賞を受賞。著書はほかに、母親のための啓蒙書「赤ちゃんの本棚――0歳から6歳まで」「5歳から8歳まで――子どもたちと本の世界」、幼い子どものための詩集「みんなわたしの」「おうちをつくろう」等の編集や、「わたしのバーニーいつもいっしょ」ほか、絵本のテキストも数多く手がけている。

訳者　百々佑利子（もも ゆりこ）
1941年東京に生まれる。東京女子大学英米文学科卒業。テキサス大学、イースト・アングリア大学に学ぶ。日本女子大学家政学部児童学科教授。訳書は、「クシュラの奇跡」「赤ちゃんの本棚」「5歳から8歳まで」「子ども・本・家族」などをはじめ、「世界のはじまり」「ワシとミソサザイ」ほか英米の児童文学書・絵本多数。著書に「キーウィと羊と南十字星――ニュージーランド紀行」「児童文学のなかの母親」「児童文学を英語で読む」などがある。

付　録　A

参 考 文 献

BARNEY, David, *Who Gets to Pre-School?* The Availability of Pre-school Education in New Zealand. NZCER (1975)

BRITTON, James, Editorial note *in* Luria A. R. and Yudovich, F.I. *Speech and the Development of Mental Processes in the Child*. Penguin (1971)

BROWN, R. and BELLUGI, U. 'Three processes in the child's acquisition of syntax' *in* Endler, S., Boulter, L. R., and Osser, H. *Contemporary Issues in Developmental Psychology*. Holt, Rinehart & Winston (1964)

BRUNER, Jerome S. *Studies in Cognitive Growth*. John Wiley (1966)

CAZDEN, Courtney B. 'Subcultural differences in child language' *in* Hellmuth, J. (ed.) *The Disadvantaged Child* Vol 2. Brunner-Mazel (1968)

GESELL, A., L. et al., *The First Five Years of Life*, Harper & Bros. N.Y. (1940)

INHELDER, B. 'Some aspects of Piaget's genetic approach to cognition' *in Society for Research in Child Development Monograph 27* (*2*) (1962)

LURIA, A. R. and YUDOVICH, F. *Speech and the Development of Mental Processes in the Child*. Staples Press (1959)

MERRIAM, Eve, 'How to eat a poem' *in It Doesn't Always Have to Rhyme*. Atheneum (1964)

PIAGET, Jean *The Child and Reality: Problems of Genetic Psychology*. Muller (1974)

TOUGH, Joan *Focus on Meaning: Talking to some purpose with Young Children*. Allen and Unwin (1973)

TURNER, Johanna *Cognitive Development* Vol C2, Essential Psychology ed. Heriot, P. Methuen (1975)

VYGOTSKY, L. S. *Thought and Language* M. I. T. Press (1962)

WATSON, John S. 'Perception of object orientation in infants' in Endler, N. S., Boulter, L. R., and Osser, H. *Contemporary Issues in Developmental Psychology*, Holt, Rinehart and Winston (1964)

WHITE, Dorothy Neal *About Books for Children* NZCER, in conjunction with NZLA (1946)

WHITE, Dorothy Neal *Books Before Five* NZCER (1954)

ZHUROVA, L. Y. 'The development of analysis of words into their sounds by pre-school childern' *in* Fergusson, C. A., and Slobin, D. I. (eds) *Studies in Child Language and Development* Holt, Rinehart and Winston (1973)

付　録　B

クシュラの本棚

・日本で出版されたものは、タイトルの下にその訳名を入れた。
・(参)は、別の作家(画家)による参考資料であることを示す。

著　者	書　名（出版社　発行年）

■ 四か月から七か月まで

Bruna, Dick	*A Story to Tell* (Methuen 1968) 「じのないえほん」(福音館書店 1968)
Lear, Edward	*The Owl and the Pussycat* (Mowbray 1970)
Oxenbury, Helen	*ABC of Things* (Heinemann 1971)
Potter, Beatrix	*Appley Dapply's Nursery Rhymes* (Warne 1917) 「アプリイ・ダプリイのわらべうた」中川李枝子訳（福音館書店 1993）
Wildsmith, Brian	*Mother Goose* (Oxford 1964) (参)「石坂浩二のマザーグース」(講談社 1992)

■ 八か月から九か月まで

Bruna, Dick	*B is for Bear* (Methuen 1967) 「ABC ってなあに」小林悦子監修（講談社 1983）
Bruna, Dick	*I Can Count* (Methuen 1968) 「かぞえてみよう（1～12）」舟崎靖子文（講談社 1981）

著　者	書　名（出版社　発行年）
Janus, Grete	*Teddy* (Sadler 1968) 「くまのテディちゃん」湯沢朱実訳 （こぐま社 1998）
Mitgutsch, Ali	*Beside the Busy Sea* (Collins 1972)
Mitgutsch, Ali	*In the Busy Town* (Collins 1972)
Peppé, Rodney	*The House that Jack Built* (Longman 1970) （参）「これはジャックのたてたいえ」シムズ・タバック作　木坂涼訳（フレーベル館 2003）
Petersham, Maud & Miska	*The Box with Red Wheels* (Macmillan U. S. 1949) 「あかいくるまのついたはこ」渡辺茂男訳 （童話館出版 1995）
Ryder, Eileen	*Whose Baby Is It?* (Burke 1973)

■ 九か月から十八か月まで

Adamson, Gareth	*Hop Like Me* (Chambers 1972)
Ainsworth, Ruth	*What Can I See?* (Bancroft 1972)
Carle, Eric	*Do you want to be my Friend?* (Hamilton 1971) 「ね、ぼくのともだちになって！」 （偕成社 1991）
Clure, Beth & Rumsey, Helen	*Little, Big, Bigger* (Bowmar 1968)
Clure, Beth & Rumsey, Helen	*Where Is Home?* (Bowmar 1968)
Ivory, Lesley Anne	*At Home* (Burke 1970)
Lenski, Lois	*Davy's Day* (Oxford 1945)
Lenski, Lois	*Papa Small* (Oxford 1957) 「スモールさんはおとうさん」渡辺茂男訳 （童話館出版 2004）

著　者	書　名（出版社　発行年）
Martin, Bill illus. Carle, Eric	*Brown Bear, Brown Bear, What do you see?*（Holt, Rinehart & Winston 1967, 1983） 「くまさん くまさん なにみてるの？」偕成社編集部訳（偕成社 1984）
Ryder, Eileen	*Whose Baby Is It?*（Burke 1973）
Ryder, Eileen	*Who Are We?*（Burke 1972）
Ryder, Eileen	*What Do We Like?*（Burke 1972）
Ryder, Eileen	*What Colour Is It?*（Burke 1972）
Stowell, Gordon	*Smells I Like*（Mowbray 1969）
Thomson, Ross	*The Noisy Book*（Abelard-Schuman 1971）
Zacharias, Thomas & Wanda	*But Where Is the Green Parrot?*（Chatto and Windus 1965）

■ 十八か月から三歳まで

著　者	書　名（出版社　発行年）
Adamson, Jean & Gareth	*Topsy and Tim's Birthday Party*（Blackie 1971）
Ainsworth, Ruth	*Jill and Peter*（Bancroft 1965）
Ainsworth, Ruth	*Susan's House*（Bancroft 1966）
Alberti, Trude illus. Nakatani, Chiyoko	*The Animals' Lullaby*（Bodley Head 1967） 「みんなのこもりうた」石井桃子訳（福音館書店 1967）
Aliki	*Hush Little Baby*（Prentice Hall 1968）
Berg, Leila	*That Baby*（Macmillan U. K. 1972）
Breinburg, Petronella illus. Lloyd, Errol	*My Brother Sean*（Bodley Head 1973）

著　者	書　名（出版社　発行年）
Bright, Robert	*The Friendly Bear* (World's Work 1967) 「なかよしのくまさん」小林いづみ訳 （冨山房 1994）
Bruna, Dick	*The King* (Methuen 1964)
Bruna, Dick	*Snuffy* (Methuen 1970) 「こいぬのくんくん」松岡享子訳（福音館書店 1972）
Bruna, Dick	*The Sailor* (Methuen 1966) 「ちいさなふなのりのぼうけん」舟崎靖子訳（講談社 1981）
Burningham, John	*Mr Gumpy's Outing* (Cape 1970) 「ガンピーさんのふなあそび」光吉夏弥訳 （ほるぷ出版 1976）
Carle, Eric	*The Very Hungry Caterpillar* (Hamilton 1970) 「はらぺこあおむし」森比左志訳（偕成社 1976）
Emberley, Barbara & E.	*Drummer Hoff* (Bodley Head 1970)
Ets, Marie Hall	*Play With Me* (Viking 1955) 「わたしとあそんで」与田準一訳（福音館書店 1968）
Flack, Marjorie	*Ask Mr Bear* (Macmillan U. S. 1932) 「おかあさんのたんじょう日」 （表題　おかあさんだいすき）光吉夏弥訳 （岩波書店 1954）
Fons, Benny	*What's the Matter, Lucy?* (Methuen 1973)
Gàg, Wanda	*The ABC Bunny* (Faber 1933)
Gagg, M. E.	*Helping at Home* (Ladybird 1961)
Gagg, M. E.	*Puppies and Kittens* (Ladybird 1956)

著　者	書　名（出版社　発行年）
Galdone, Paul	*The Old Woman and her Pig* (Bodley Head 1961) 「おばあさんとこぶた」大庭みな子訳（佑学社 1979）
de Hieronymis, Elve Fortis	*All the Day Long* (Methuen 1972)
Hoskyns, K.	*Boots* (Longman 1966)
Hutchins, Pat	*Titch* (Bodley Head 1971) 「ティッチ」石井桃子訳（福音館書店 1975）
Lear, Edward	*Nonsense Songs* (Chatto & Windus 1953) （参）「ノンセンス・ソング」新倉俊一訳（思潮社 1974）
Lemke, Horst	*Places and Faces* (Blackie 1971)
Lenski, Lois	*Davy and His Dog* (Oxford 1971)
Lenski, Lois	*The Little Farm* (Oxford 1944) 「スモールさんののうじょう」渡辺茂男訳（福音館書店 1971）
Low, Alice	*Summer* (Collins 1963)
Massie, Diane Redfield	*The Baby Beebee Bird* (Methuen 1972)
Milne, A. A. illus. Shepard, E. H.	*When We Were Very Young* (Methuen 1924) 「クリストファー・ロビンのうた」 小田島雄志・小田島若子訳（晶文社 1978）
Minarik, Else Holmelund illus. Sendak, Maurice	*Little Bear* (World's Work 1957) 「こぐまのくまくん」松岡享子訳（福音館書店 1972）
Oxenbury, Helen	*The Great Big Enormous Turnip* (Heinemann 1968) 「おおきな おおきな おおきなかぶ」 こぐま社編集部訳（こぐま社 1991）

著　者	書　名（出版社　発行年）
Potter, Beatrix	*The Story of a Fierce Bad Rabbit* (Warne 1902) 「こわい わるい うさぎのおはなし」 石井桃子訳（福音館書店 1972）
Potter, Beatrix	*The Tale of Peter Rabbit* (Warne 1902) 「ピーターラビットのおはなし」石井桃子訳（福音館書店 1971）
Potter, Beatrix	*The Tale of Tom Kitten* (Warne 1907) 「こねこのトムのおはなし」石井桃子訳 （福音館書店 1971）
Roffey, Maureen	*A Bookload of Animals* (Bodley Head 1973)
Tudor, Tasha	*First Poems of Childhood* (Platt & Munk 1967)
Virin, Anna	*Elsa's Bears* (Hodder & Stoughton 1973)
Wood, Anne (ed)	*Hush-a-Bye Rhymes* (Storychair 1972)
Wood, Joyce illus. Francis, Frank	*Grandmother Lucy and Her Hats* (Collins 1968)
Zion, Gene illus. Graham, Margaret B.	*Harry the Dirty Dog* (Bodley Head 1956) 「どろんこハリー」渡辺茂男訳（福音館書店 1964）

■ 三歳から三歳三か月まで

Ainsworth, Ruth	*At the Zoo* (Bancroft 1965)
Bannerman, Helen	*Little Black Sambo*　First Published 1927 「ちびくろ・さんぼ」光吉夏弥訳（瑞雲舎 2005）
Bowes, Clare	*How Many?* (Longman Paul 1972)

著　者	書　名（出版社　発行年）
Bruna, Dick	*The Christmas Book*（Methuen 1964） 「クリスマスってなあに」舟崎靖子訳 （講談社 1982）
Burningham, John	*Mr Gumpy's Motor Car*（Cape 1973） 「ガンピーさんのドライブ」光吉夏弥訳 （ほるぷ出版 1978）
Carle, Eric	*Animals and Their Babies*（Hamilton 1974）
Domanska, Janina	*The Little Red Hen*（Hamilton 1974） （参）「ちいさなあかいめんどり」 バイロン・バートン文・絵　中川千尋訳 （徳間書店 1995）
Elkin, Benjamin	*The Big Jump and Other Stories* （Collins 1958）
Françoise	*Springtime for Jeanne-Marie*（Hodder & Stoughton 1958） 「まりーちゃんのはる」（表題　まりーちゃんとひつじ）与田準一訳（岩波書店 1956）
Galdone, Paul	*The Three Bears*（World's Work 1973） 「3びきのくま」多田裕美訳（ほるぷ出版 1975）
Galdone, Paul	*The Three Billy Goats Gruff*（World's Work 1974） 「やぎのブッキラボー3きょうだい」 青山南訳（小峰書店 2005） （参）「三びきのやぎのがらがらどん」 マーシャ・ブラウン絵　瀬田貞二訳（福音館書店 1965）
Ireson, Barbara (ed)	*The Young Puffin Book of Verse* （Puffin 1970）

著　者	書　名（出版社　発行年）
Kerr, Judith	*Mog, The Forgetful Cat* (Collins 1970) 「わすれんぼうねこのモグ」わだよしおみ訳（大日本絵画 1979）
Kerr, Judith	*The Tiger Who Came to Tea* (Collins 1968) 「おちゃのじかんにきたとら」晴海耕平訳（童話館出版 1994）
Krasilovsky, Phyllis	*The Very Little Girl* (Heinemann 1963)
Mayer, Mercer	*Me and My Flying Machine* (Collins 1973)
Peterson, Hans	*'I Don't What To', Said Sara* (Burke 1968)
Wildsmith, Brian	*The Lazy Bear* (Oxford 1973) 「くまくんのトロッコ」萩洋子訳（らくだ出版 1976）
Wing, R.	*What Is Big?* (Holt, Rinehart & Winston 1966)
Wolde, Gunilla	*Emma Quite Contrary* (Hodder & Stoughton 1974) 「いいかお　わるいかお」高村喜美子訳（偕成社 1977）

■ 三歳三か月から三歳九か月まで

Aliki	*Go Tell Aunt Rhody* (Hamilton 1974)
Beckman, Kaj	*Susan Cannot Sleep* (Wheaton 1973) 「あたし、ねむれないの」山内清子訳（偕成社 1977）
Berends, S.	*Who's That in the Mirror?* (Collins 1972)
Berenstain, Stan & Jan	*Bears in the Night* (Collins 1973)

著　者	**書　名**（出版社　発行年）
Brown, Myra B.	*First Night away from Home* (Heinemann 1961)
Charlip, Remy	*Fortunately* (Parents Magazine Press 1964) 「よかったねネッドくん」八木田宜子訳（偕成社 1969）
Cunliffe, John	*Farmer Barnes and Bluebell* (Deutsch 1971)
Dalgliesh, Alice illus. Lobel, Anita	*The Little Wooden Farmer* (Hamilton 1969) First Published 1930 「ちいさな木ぼりのおひゃくしょうさん」星川菜津代訳（童話館出版 1994）
Fisher, Aileen	*Going Places* (Nelson 1973)
Fletcher, Elizabeth	*The Little Goat* (Storyteller 1971)
Freeman, Don	*Corduroy* (Viking 1968) 「くまのコールテンくん」松岡享子訳（偕成社 1975）
Gàg, Wanda	*Millions of Cat* (Faber 1929) 「100まんびきのねこ」石井桃子訳（福音館書店 1961）
Galdone, Paul	*Old Dame Trot* (World's Work 1965)
Gergely, Tibor	*Scuffy the Tugboat* (Golden Press 1969)
Gordon, Giles & Margaret	*Walter and the Balloon* (Heinemann 1974)
Grimm, Bros. illus. Brandt, Katrin	*The Elves and Shoemaker* (Bodley Head 1968) 「こびととくつや」藤本朝巳訳（平凡社 2002）
Howell, Margaret	*The Lonely Dragon* (Kestrel 1972)
Hutchins, Pat	*The Wind Blew* (Bodley Head 1974) 「風がふいたら」田村隆一訳（評論社 1981）

著　者	書　名（出版社　発行年）
Johnson, Crockett	*Harold and the Purple Crayon* (Longman 1959) 「はろるどと　むらさきのくれよん」 岸田衿子訳（文化出版局 1972）
Kane, Sharon	*Little Mummy* (Golden Press 1973)
Kent, Jack	*The Fat Cat* (Hamilton 1972) 「ふとっちょねこ」まえざわあきえ訳 （朔北社 2001）
Kent, Jack	*Jack Kent's Book of Nursery Tales* (Hamilton 1971)
Knotts, Howard	*The Winter Cat* (Macmillan U. K. 1972) 「ふゆねこさん」松岡享子訳（偕成社 1977）
Krasilovsky, Phyllis illus. Spier, Peter	*The Cow Who Fell in the Canal* (World's Work 1958) 「うんがにおちたうし」南本史訳（ポプラ社 1967）
Lear, Edward illus. Maxey, Dale	*The Owl and the Pussycat* (Collins 1969) (参)「みみずくとねこのミミー」 バーバラ・クーニー絵　工藤幸雄訳（ほるぷ出版 1977）
Lenski, Lois	*The Little Family* (Doubleday 1932)
Lines, Kathleen	*Lavender's Blue* (Oxford 1954)
Macfarlane, Barbara	*Naughty Agapanthus* (Nelson 1966)
McCloskey, Robert	*Make Way for Ducklings* (Viking 1941) 「かもさんおとおり」渡辺茂男訳（福音館書店 1965）
McCloskey, Robert	*Blueberries for Sal* (Viking 1948) 「サリーのこけももつみ」石井桃子訳 （岩波書店 1976）

著　者	書　名（出版社　発行年）
Miller, Edna	*Mousekin's ABC* (Prentice Hall 1972) 「ねずみのマウスキン」シリーズ　今泉吉晴訳（さ・え・ら書房 1980）
Minarik, Else Holmelund illus. Sendak, Maurice	*A Kiss for Little Bear* (World's Work 1969) 「だいじなとどけもの」松岡享子訳（福音館書店 1972）
Palmer, Helen	*Fish out of Water* (Collins 1961)
Petersham, Maud & Miska	*The Circus Baby* (Macmillan 1950)
Prelutsky, Jack	*The Terrible Tiger* (Hamilton 1975)
Rose, Elizabeth & Gerald	*How Saint Francis Tamed the Wolf* (Faber 1958)
Sandberg, Inger & Lasse	*Daniel's Mysterious Monster* (Black 1973)
Sandberg, Inger & Lasse	*Daniel and the Coconut Cakes* (Black 1973)
Sendak, Maurice	*In the Night Kitchen* (Bodley Head 1971) 「まよなかのだいどころ」神宮輝夫訳（冨山房 1982）
Sendak, Maurice	*Nutshell Library* (Harper & Row 1962) 「ちいさなちいさなえほんばこ」神宮輝夫訳（冨山房 1981）
Sendak, Maurice	*Where the Wild Things Are* (Bodley Head 1967) 「かいじゅうたちのいるところ」神宮輝夫訳（冨山房 1975）
Sutton, Eve & Dodd, Lynley	*My Cat Likes to Hide in Boxes* (Hamilton 1974)
Thompson, L.	*At Home* (Macmillan U. K. 1970)
Thompson, L.	*Food and Drink* (Macmillan 1974)

著　者	書　名（出版社　発行年）
Vipont, Elfrida & Briggs, Raymond	*The Elephant and the Bad Baby* (Hamilton 1969) 「ちょうだい！」小林忠夫訳（篠崎書林 1977）
Wood, Joyce	*Grandmother Lucy and Her Garden* (Collins 1972)

■"後記"でふれた本

Grimm, Bros. retold Heins, Paul illus. Hyman, Trina Schart	*Snow White* (World's Work 1977)
Grimm, Bros. trans. Jarrell, Randall illus. Burkert, Nancy Ekholm	*Snow White and the Seven Dwarfs* (Kestrel 1974) 「白雪姫と七人の小人たち」八木田宜子訳（冨山房 1975）
Hoffmann, Felix	*Tom Thumb* (Oxford 1973) 「おやゆびこぞう」大塚勇三訳（ペンギン社 1979）
Watson, Clyde illus. Watson, Wendy	*Tom Fox and the Apple Pie* (Macmillan 1972)

・ブックリストには、絶版のものも含まれています。

付　録　C

染色体パターンの模式図

クシュラの両親の染色体パターンを示す模式図

（図には二組の染色体を示してある。それぞれの個体で、染色体は二本ずつ組になっているからである。）

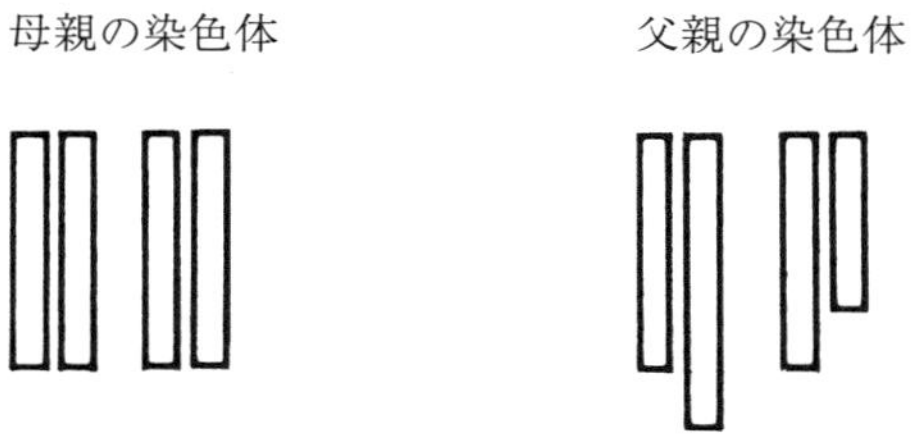

上記の両親から生まれる子の染色体パターンがとり得る組み合わせ：

1．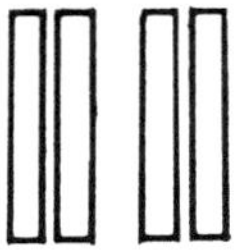

完全に正常で、
異常を遺伝することはない。

2.

父親に同じ。
正常だが、異常を遺伝する可能性がある。

3.

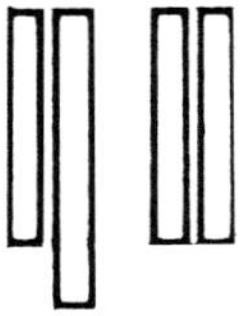

クシュラの場合。
異常で、かつ異常を遺伝する可能性がある。

4.

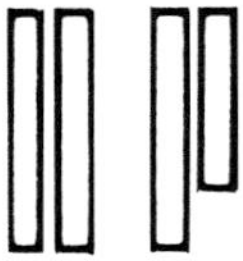

異常。
染色体に欠けた部分があるので生存できない。

付　録　D

クシュラの一日

本とお話がクシュラにあたえた影響

典型的な一日を表にしたもの　1975年3月3日

時間	書名		クシュラの行動と反応 ★提案者 ＋読んだ人	C　クシュラ M　母親 F　父親
7.30am.			秤《はかり》のおもりで遊ぶ。「これは、とってもちいさいの、これは、ちゅうくらいの、これは、とってもおおきいの」と、正確な引用。	
8.30am.	ジョーン・バエズ歌集（大人向き）	★C ＋C	大人向きの歌集のページをぱらぱらとめくりながら童謡をうたう。「さあ、おどろうよ、ルービールー」「めえめえ、くろいひつじさん」「きらきらぼし」父親がこの歌集を開いてうたうのを見たことあるが、それから三週間以上たつ。	
9.00am.	こいぬとこねこ	★C	ネリーやカーラに似た犬と、マイムに似たねこの絵を選び出した。目下この本が気に入り、絵の動物を“本物”のペットたちになぞらえて楽しんでいるようだ。	
9.30am.			人形を寝かしつけながら、「ねんねんあかちゃん、とうさんひつじのばんよ」（ねんねんこもりうた）とうたう。歌詞を全部知っている。	

時間	書名		クシュラの行動と反応 ★提案者 ＋読んだ人	C クシュラ M 母親 F 父親
10.15am.			大きさが異なるパン三つで遊びながら、「これは、とってもちいさなパン」等。こんども正確。	
10.30am.	みんなの こもりうた (二回)	★M ＋M	二度読み聞かせ、クシュラをなだめようとした（泣いていたため）。成功。いつでもこの本には夢中になる。例によって、読んでいるあいだじゅう「どうして？」ときく。	
11.05am.	ちいさな タグボート	★C ＋M	自分でいいだしたのに、あまり興味を示さない。しかし、タグボートの紹介文は大好き。「スカフィーは、きれいな、あおいえんとつをつけた、ちいさなあかいタグボートです。」例によって、この文章をうれしそうにくりかえした。	
11.15am.			「あたし、きれいな、かわいい、あかいうわぎをきたの……」新しい赤いカーディガンをひらひらさせて寝室からあらわれた。（ちびくろ・さんぼ）	
11.30am.	クリスマスって なあに (二回)	★M ＋M	クシュラの本は、最近では本棚に背が見えるように並べられている。母親がお話を読もうと提案し、クシュラは「てんしのことがかいてあるほんをよんで」といいながら、これを選んだ。黄色い背表紙（おもて表紙は青緑色）だけで、この本とわかったのだ。	
11.40am.	ガンピーさんの ふなあそび	★C ＋M	一言、「きょうはガンピーさん、すきじゃないの」と感想。いつもはお気に入り。	

クシュラの一日

時間	書名		クシュラの行動と反応 ★提案者 ＋読んだ人 C クシュラ M 母親 F 父親
12.30pm.	ワイルドスミスのマザーグース	★C ＋C	この本は、わが家の“良い”本と共に引っ越しのさい荷造りされ、数日前に、荷をほどいて出したばかりである。はじめて、自分で読むといい、このうえなく注意深く読む。二十分間読み、たえず絵に注釈をつける。例、「このレディーは、つかれているの」「このおとこのひとは、へんてこなぼうしをかぶっている」など。
12.55pm.	クリストファー・ロビンのうた	★M ＋M	クシュラを寝かしつけようとして読んだが――不成功。疲れてはいたが、興味を示す。感想なし。
1.20pm.	こどもの詩集（ヤング・パフィン）	★M ＋M	すべての詩を読むわけではなく――ふつうは、開いたページの一つか二つの詩のみ。クシュラは母親の膝の上で眠った。
2.15pm.	クリスマスってなあに	★C ＋M	目ざめると、この本を強くリクエスト。王さまや星や天使や赤んぼうにひかれるようだ。事物を指さし、自分もお話に参加していた。「あたしのベッドルームにこういう星あるよ」といって、母親に寝室のあかりを示した。
3—5pm.			浜辺で遊ぶ。
4.30pm.			「のはらをよこぎって、あるいてかえろうね、おちゃのじかんだから」家へ帰りたくなったときクシュラがいった言葉。（ガンピーさんのふなあそび）

時 間	書 名		クシュラの行動と反応 ★提案者 ＋読んだ人 C クシュラ M 母親 F 父親
5.10pm.	トロットおばさん	★C +M	クシュラはこの本のどの文句も、最後まで暗唱できる。各ページのねずみを指さすのが大好き。
5.20pm.	みんなの こもりうた	★C +C	ページをぱらぱらめくっていき、歌詞を早口でしゃべりながら、各ページの意味をきちんとつかむ。ついで最後のページの「ねんねんころりよ」をうたい通した。
5.45pm.	ワイルドスミスの マザーグース	★C +M	「この、ものすごくおおきくて、つよいほん」といって、母親にわたした。きのう読んだ「二わのちゅんちゅんことり」をおぼえていて、前のページから指を出して待ちかまえている。
7.00pm.			父親に、「ハリーは、てつどうせんろのそばであそんで、もっともっときたなくなったの」と話しかける。（どろんこハリー）
8.00pm.	ふくろうと こねこ （三回）	★F +F	クシュラを寝かしつけるため。成功。